小学館文庫

鬼嵐

仙川 環

小学館

鬼嵐

ONI-ARASHI

装丁　山田満明
装画　ヤマモトマサアキ

I

「新車は贅沢《ぜいたく》だったかも」

及川夏未《おいかわなつみ》は一人言を言うと助手席側のウィンドーを下げ、新車の匂いを追い出そうとした。替わりに入ってきたのは、土の匂いがする風だった。

フロントガラスの正面に見える稜線《りょうせん》は、柔らかな朝の日差しを受けて輝いている。県道の両側に広がる田畑では、朝の早い農家のトラクターや耕運機が行き来している。北関東のこのあたりでは、桜が散り始める今時分、冬の間眠りについていた田畑が人手によって揺り起こされるのだ。

赤い小型車は、昨日納車された。仕事が終わった後、練習してみようかと思ったが、いきなり夜道を走るのも怖いような気がして、朝にしたのだった。それが正解だったかどうかは微妙なところだ。ちょうど通勤時間帯のせいか交通量が案外多く、前の車について走るだけで精一杯だった。

ハンドルを握るのは、十年ぶりぐらいだろうか。東京では勤務先まで地下鉄で通っていたし、車を使うときはもっぱら助手席に収まっていた。運転はあまり好きではないのだ。

しかし、地元の姫野《ひめの》町では、そうも言っていられなかった。町役場や銀行は、自宅兼クリニックから五キロほど南のJRの駅周辺に固まっている。大型ショッピングセンターは、駅のさらに南にあった。しかも最寄りのバス停を通るバスは、一時間に一本だ。

ため息をつきながら時計を見ると、七時半を回っていた。及川クリニックは八時半に開院だ。そろそろ引き返したほうがいい。ウィンカーを出して交差点の手前にあるコンビニエンスストアの駐車場に車を入れる。

コーヒーを買って店の外に出ると、耕運機を荷台に載せた軽トラックが入ってきて停《と》まった。洗車しても無駄と腹をくくっているのか、乾いた泥がフェンダーや側面のアオリにこびりついている。ドアに描かれた「武藤《むとう》ファーム」という文字は、なんとか読み取れた。

運転席から初老の男がくわえ煙草《タバコ》で降りてくる。指先が土で黒ずんでいるのが、遠目にも分かった。男は煙草を入口の脇にある灰皿にひょいと投げ入れると、なぜか舌打ちをして店のドアを押した。

ふいに軽トラの荷台で何かが動いた。犬かと思ったが、そうではなかった。耕運機の陰で二人の男が、身体《からだ》を縮めるように座っている。

子どもの頃によく見かけた光景だ。公道を走れば道路交通法違反になるが、なにぶん田舎のことである。警察は今でもうるさく言わないのだろう。

荷台の一人が立ち上がる。その顔を見て、少し驚いた。浅黒い肌に、彫りの深い顔立ち。眉は墨で描いたように黒い。男はあどけなさが残る目で周囲を見回すと、もう一人に向かって声をかけた。夏未の知らない異国の言葉だった。

夏未が子どもの頃は、この辺りで外国人など見かけなかった。隣町に工場ができて以来、姫野にも結構な人数が住んでいるようだった。ショッピングセンターで、アジア圏の人はもちろん、スペイン語だかポルトガル語だかを話している人をしばしば見かける。工場ばかりでなく農場にも雇われているのか……。

いずれにせよ、これだけ頻繁に目にするなら、外国人をクリニックで診《み》る機会も、そのうちやってくる。翻訳アプリを取り入れようと思いながら、夏未はコーヒーの容器をゴミ箱に捨てた。


「次の人を入れてください。これで最後でしたっけ」

声をかけると、看護師の案野《あんの》昭子《あきこ》はふくよかな二重あごを揺らしてうなずいた。親子ほど年が離れているが、口うるさいところはなく、一緒に働きやすい相手だ。

昭子は大きな身体に似合わぬ機敏な足取りでドアへ向かったが、ドアを開ける前に振り返った。

「永沼栄作《ながぬまえいさく》さんっていうんですが……。ちょっと難しい人なんです」

一人暮らしの八十五歳で、かつて町の助役、いまでいえば副町長を務めていたという。

「父のおなじみさん？」

「はい。高血圧で長年通われています。院長の診察は、月曜と木曜の午後だけになったと伝えたんですが。今日は、ただの風邪だから、薬を出してくれって」

診察は不要というわけか。

「何を言われても、適当に受け流してくださいね」

「大丈夫ですよ」

気難しい高齢患者は、大学病院に勤めていた頃にもたくさんいた。扱いには慣れている。

永沼は、背筋をまっすぐ伸ばし、すり足で入ってきた。上質そうなグレーのカーディガンの裾を気にしながら診察用のスツールに腰かけ、やや黄ばんだ目を夏未に向ける。

「あんたが娘さんか。東京の大学病院に勤めていたんだろ？　結婚もして。それがなんで今さら姫野に」

「東京が性に合わなかったんです。離婚しちゃいましたし、父もそろそろゆっくりしたいと言うものですから」

隠したって田舎のことだからいずれ知られるだろう。

「辛抱が足りなかったんだな」

「……そんなところですかね」

苦笑していると、電子音が小さく鳴った。永沼が脇にはさんでいた体温計を引っ張り出す。昭子が受け取り、数字を読み上げた。三十七度五分。問診に移ろうとしたが、永沼は世間話を続けた。

「しかしまあ、町としてはUターンは大いに歓迎だ。あんた、いくつになる?」

「三十五です」

「なら、婿でも取って、子どもを作りなさい。若い人に頑張ってもらわないと、町が外国人だらけになる。なんなら、わたしが……」

誰かを紹介すると言われても困るので、話題を変える。

「そういえば、外国の方をよく見かけますね」

永沼が目をむいた。

「外国の方だって? そんな上等なものではないだろう。汚くて臭いし、無駄に大声を出す。奴《やつ》らがうろちょろするようになってから、治安も悪くなった。この前なんか、運転していたら、スーパーカブで割り込んできたんだぞ」

危うく接触事故を起こすところだったという。

「たまげたことに三人乗りだ。ここは日本だ。東南アジアやアフリカじゃない。文明国のルールが守れない奴らは、即刻出て行ってもらいたい！」

業務用のバイクに三人乗りは確かに違法で危険だが、いくらなんでも言いすぎだ。取り合わずに問診を始めようとしたが、昭子が同情するようにうなずいた。

「大変でしたね。警察には？」

「言っても、動くものか。わたしに向かって、年だから免許を返納しろ、せめて枯葉マークをつけろだなんて言う無礼な連中だ。だから、役場の昔の部下にどうにかしろと言ったんだが……」

永沼は、そのときの怒りがよみがえってきたように、身体を震わせた。

「そしたら、わたしの物言いは、外国人差別だと言うんだ。誤解もいいところだ。昔から中国人のおやじがやってるラーメン屋をひいきにしてたんだぞ。そんなわたしが、差別なんかするわけがないだろ」

言い訳が言い訳になっていない。年を取って、怒りっぽくなっているのかもしれないが、こんな人が助役だったなんて情けなかった。それとも、姫野らしいと言うべきか。

これだけ無駄話ができるなら、体調不良といってもたいしたことはなさそうだ、と思いながら具合を尋ねる。

吐き気があり、今日の昼過ぎから、腹も痛み始めたと永沼は言った。咳《せき》は出ていないそうだ。喉を見せてもらったが、腫れや炎症はなかった。最近、流行《はや》っている感染性の胃腸炎、いわゆるおなかの風邪だろう。

永沼はうなずいた。

「そんなことは分かってる。前もかかった。あのとき院長が出した薬を出してくれ。あれを飲んだらじきに治る」

電子カルテの記録を検索する。父が処方したのは、整腸剤、制吐剤、下痢止め、解熱剤、腹痛止めの五種類だった。下痢止めは必要ないと思ったので、それを省いて処方箋を作成する。

「薬はこの先のドラッグストアで？　宅配を頼むなら、処方箋をファクスで送りますが」

そうすれば、薬剤師が薬を自宅まで届けてくれる。

「いらん。車ですぐだ」

「分かりました。ドラッグストアに寄ったら、ついでに脱水症状になったとき用の飲み物を買って帰って、たっぷり水分補給してください。では、お大事に」

永沼は机の端に手をついて立ち上がる。入ってきたときと同じすり足で、ふんぞり返るように診察室を出て行った。

「お疲れさまでした」

昭子と挨拶を交わし、診察室の片付けを始める。夏未がこのクリニックで働き始めておよそ十日。今日も患者は、途切れることなくやってきた。父の診察が週に二度になり、患者が激減するのではと心配していたが、今のところ、さほど影響はなさそうだ。しかし、油断はできなかった。このあたりは、盆暮れや行事で人が集まる際、女性は台所で働き続け、男性は座敷で宴会を繰り広げるのが当たり前という土地柄だ。女性の医師自体、珍しい。誰かが「院長はよかったが、娘のほうはダメだ」とか言い出したら、噂《うわさ》は数日で広がるだろう。

突然、待合室から怒鳴り声が聞こえた。昭子と二人で向かうと、受付カウンターの前で、永沼が仁王立ちしていた。派遣で来ている受付の若い女性が、助けを求めるような視線を向けてくる。

「お薬が足りないって……」

永沼は、受付カウンターに載っていた処方箋を手に取ると、夏未に突き出した。

「一つ足りない。前のときは五種類だった」

父が出した薬の数を覚えていたようだ。

「あとの一つは下痢止めなんですが、必要ないですよ。下痢は無理に止めないほうがいいんです」

永沼は、首を横に振った。しみの浮いた頬が怒りのせいか、紅潮している。

「院長と同じ薬を出してくれと言ったはずだ」

「ですが……」

温かな手を背中に感じた。

「夏未先生、今日は出して差し上げたらいかがですか」

なだめるように昭子が言う。

納得できなかったが、いまは何を言っても聞かないだろう。

「分かりました。すぐに出します」

そう言うと、永沼は当然だと言わんばかりに、鼻の穴を膨らませた。

受付担当の派遣女性が帰宅した後、改めて診察室の片付けに取りかかった。器具を洗浄、消毒した後、床に掃除機をかける。その後は、待合室やトイレだ。これまでは昭子が一人ですべてやっていたそうだ。派遣女性は、受付と医療事務のみの契約で、それ以外の雑用は頼めないというので、手伝いを申し出た。

今日の夏未の担当は、スリッパとトイレだ。スリッパは滅菌用の器械に放り込んでスイッチを入れるだけでいいが、トイレがやや面倒だった。感染性胃腸炎の患者が使った可能性もあるので、手袋をつけ、塩素系の消毒剤で便器をしっかり磨きあげる。

作業を終えて手を洗っていると、父の弘雄《ひろお》が入ってきた。ゴルフ焼けで顔が真っ黒だ。

「おっ、お前も掃除してるのか。結構、結構」

上機嫌で言うと、待合室のベンチに脚を組んで座る。帰り支度をして更衣室から出てきた昭子が、恐縮しながら頭を下げた。

「申し訳ありません。掃除は一人で大丈夫だと言ったんですが……」

「なに、これも修業の一環ですよ。遠慮なくこき使ってやってください」

昭子を送り出すと、父は顔をしかめた。

「その頭、どうにかならんのか」

軽くパーマをかけた無造作風ショートにしているのが気に入らないようだ。

「このほうが楽だから。お父さんはゴルフ？　気楽な身分だね」

「気楽で何が悪い。引退したっていい年だ。それに、運動しないとまずいだろ」

そう言いながら、腹を撫《な》でる。やや出ているものの、六十代半ばにしては締まった身体つきで、半分白髪の髪は、たっぷりとしている。血色も素晴らしく、母を胃がんで亡くした七年前より若返っているぐらいだ。

「さて、今日のカルテを見せてもらうか。夏未は引き上げるといい」

大学病院で外来を担当していた身である。処置や処方に口出しをされるのは面白くなかったし、夏未に言わせれば、父は薬を出しすぎだった。しかし、それを指摘するのは、ここでの生活に慣れてからのほうがいいだろう。

「お父さん、夕食は？」

外で食べてきたと言って、父は腰を上げ、診察室へ向かった。玄関でサンダルを履いていると、父が戻ってきた。

「伝えるのを忘れてた。給油に寄ったスタンドで光石《みついし》の保《たもつ》に会ったんだ」

幼稚園から中学まで同級の幼馴染《おさななじみ》だ。そのうち電話しようと思って、延ばし延ばしになっていた。

「光石の家に挨拶に行っとけ。帰ってずいぶん経《た》つのに知らん顔では、光石も面白くなかろう。あそこの親父《おやじ》は一応、このあたりの地区長だ。顔も広いから、うまく付き合うに越したことはない」

「うん」

筋肉痛にでもなったのか、父は上腕をさすりながら診察室に引っ込んだ。

光石家は江戸時代から続く大きな農家である。一家が所有する田畑は町内のあちこちに散らばっている。屋敷はクリニックから、歩いて五分ほどの丘の中腹にあった。かつては屋敷の周りに、鶏舎や牛舎が建ち並んでいたが、保の父親の代になって、畜産からは手を引き、米と野菜を親子三人で作っている。

保は、トタン屋根の納屋の前で待っていた。夏未の姿を見つけると大きく手を振る。三年前に会ったときより、額が大幅に後退している。腹も夏未の父より出ているぐらいだ。大きな明るい目だけは、子どもの頃と変わらない。

挨拶を交わすと、母屋へと続くなだらかな坂を並んで上り始める。煙の臭いが漂ってきた。パーカーの袖で口元を押さえながら夏未は言った。

「ゴミでも燃やしてるの？」

「炭をおこしてるんだ。バーベキューをやろうと思って」

「おじさんとおばさんも？」

両親は法事で不在だが、平沢大樹《ひらさわだいき》が来ているという。

「覚えてるだろ？　俺らより二つ下で、電器屋の一人息子の……。今は地区の青年団で一緒にいろいろやってる」

「ああ、やんちゃしてた子だよね。仕事は何してるの？」

「それがなあ」

駅前商店街のスーパーで精肉売り場の主任を務めていたが、去年の暮れにそこをリストラされて失業中だそうだ。

「夏に町の北に工業団地ができる。そこの電機メーカーの工場に応募するらしい。嫁さんと小さな子どももいるから、うまく決まるといいんだけどな」

大きな黒い瓦《かわら》屋根が見えてくる。まるで古民家のようだと言うと、「築五十年を過ぎているから立派な古民家だ」と言って保は笑った。

縁側の前に出した脚つきのバーベキューコンロの前で、大樹が盛んに団扇《うちわ》を使っている。煙はすでに収まっていた。二人の姿に気づくと、夏未に軽く頭を下げた。その顔を見て、少し驚く。猫のような眼《め》に、すっきりとした口元。えらが少し張っているのが難だが、俳優並みに整った顔立ちだ。見知っていた十代の頃は金髪に細眉だったので気づかなかった。

大樹は首にかけたタオルで額を拭った。

「こっちにはいつ？」

「三月のはじめかな。一月ぐらいゆっくりして、今月からクリニックに出てる」

それはよかったと言うと、大樹は長いトングで炭を裏返し、火のつき具合を確かめた。全体が真っ赤におこっている。

「肉と野菜を取ってくるわ。夏未は座ってろ」

保に言われ、縁側に座る。腰の後ろに手をつくと、自然に視線が上向いた。すさまじい数の星が目に飛びこんできて、くらくらする。酔いそうになり、目を閉じた。静かだった。炭がはぜるかすかな音や、大樹の息遣いまで聞き取れそうだ。

腰を引き、脚を伸ばしてぶらぶらさせてみる。子どもの頃、保の母が出してくれたスイカをよくそうやって食べた。

地元に戻ってきたのだという実感に浸っていると、突然、頬にヒヤッとしたものが当たった。驚いて振り返ると、保が笑いながら、缶ビールを差し出した。

去年の今頃は、故郷の星空の下でビールを飲むなんて、想像もしていなかった。

夏未は当時、東都《とうと》大学医学部附属病院感染症科の医局長として、診療や研究に多忙を極めていた。プライベートでは同じ病院に勤務する心臓外科医の夫との結婚生活が四年目に入り、都内にマンションを買う話を進めていた。

風向きが変わったのは六月だった。恩師でもある感染症科の教授が、くも膜下出血で急逝したのだ。翌月着任した新任教授は、なぜか夏未を目の敵にした。些細《ささい》な落度で罵倒されたり、外来の担当から急に外されたりと、パワハラを受けるようになった。

次第にその理由が分かってきた。新任教授は古いタイプの人間で、女性が医局長を務めているのが、我慢できなかったのだ。

同僚たちは最初のうちは夏未に同情的だったが、次第に夏未と距離を置くようになった。夏が終わる頃には、夏未は完全に孤立した。

そんな状況でも、先行きを悲観はしていなかった。気の合う先輩医師が、翌春、海外の赴任地から戻り、准教授に就くと決まっていたからだ。彼は、実績で新任教授をはるかにしのぎ、正義感も押しも強かった。彼が戻ってきたら、新任教授もそう理不尽な真似《まね》はできまいと思っていた。

ところがその前に事件が起きた。秋が深まったある日、夏未が急逝した前教授と不倫関係にあったという怪文書がメールで流れたのだ。根も葉もないデマである。新任教授本人か、彼の意を受けた誰かが流したのだろう。自分だけならともかく、恩師まで侮辱されては、黙っていられなかった。夏未は病院内の相談窓口に出向き、怪文書とこれまでのパワハラについて訴えた。

その先は、思い出したくもない。担当者の調査によると、怪文書の送信者は特定不能、教授のパワハラは夏未の思い過ごしだといわれた。

さらにショックなことに、怪文書の内容を知った夫が、「事実なのか」と詰問してきた。バカバカしいと一蹴したが、夫は冷たい目をして、「仮にデマであっても、俺に恥をかかせたことに変わりはない」と言い放った。

夫への愛情は一気に冷めた。大学病院にも愛想が尽きた。今思うと、結論を出すのを急ぎすぎたかもしれないが、一刻も早くその場から離れたくて、離婚と辞職の手続きを同時に進めた。

当初の計画では、姫野で何か月か骨休めをした後、再就職先を探すつもりだったが、感染症専門医のポストは限られており、難航が予想された。そんな折に、父親から「クリニックを手伝わないか」と持ち掛けられた。「やってみて性に合わないと思ったら、東京に戻って構わない」と言われたのが決め手となった。

肉が焼ける香ばしい匂いが漂ってくる。脂の甘い香りがそれに交じる。思わず唾がわいてきた。

何の肉なのか尋ねると、保は悪戯《いたずら》っぽく笑った。

「食べた感想を聞いてから教えるよ」

「悪いけど、山とかで獲《と》った動物の肉は食べないようにしてるんだ。鹿や猪《いのしし》とかって肝炎ウイルスとかの問題があるから。十分に火を通せば大丈夫と言われてるけど、私は一般の人に注意を促さなきゃいけない立場でしょ。万一感染したら、笑い話じゃすまないわ」

「心配ないよ。実は、新種の家畜の肉なんだ。青年団を中心に作ったNPOで飼育してる。俺らも今日初めて食べるから、味は保証できないけどな」

猪と豚を掛け合わせたイノブタのような雑種だろうか。

「そろそろよさそうだ」

保はトングでミディアムレアぐらいにほどよく焼けた肉をつまみ、自分と大樹の皿に載せた。夏未は後回しらしい。二人はほぼ同時にそれを口に入れ、真剣な表情で食べ始めた。すぐに、笑みが二人の顔に浮かぶ。

「めちゃくちゃうまいな」

保が興奮しながら、大樹の背中を叩《たた》く。

「特に脂がいいな。鼻に抜ける甘味がある。簡単に嚙《か》み切れるから、子どもや年寄りも食べやすそうだ」

「カレー、カツなんかもよさそうです。イベントや道の駅では、串焼きも受けそうですね」

夏未は焼き網に箸を伸ばした。肉片を口に入れると、力強い味が舌に広がった。野性味があるというのは、こういうことか。しかし、臭くはない。むしろ食べやすい。

二人が絶賛するのも分かる。

「私の知ってる中では、鹿に一番近いかな」

そろそろ正解を教えてほしいと言うと、「シャンヤオカイ」と保が答える。

なんでも中国の北西部にある太林市とその周辺に生息する野生の羊だという。

野生という言葉に咄嗟《とっさ》に反応していた。

「やっぱり野生の動物なんじゃない！」

そう言うと、保はびっくりしたように目を見開いたが、すぐに柔和な笑みを浮かべ、説明不足で悪かったと言った。

「野生のものを獲ってきたわけじゃない。改良して家畜として育ててるんだ。県の獣医大学との共同プロジェクトで、先生方に変な病気がないか調べてもらってる。大丈夫だ」

「……そうなんだ」

考えてみれば、中国の野生の羊を青年団が日本に持ち込めるわけがなかった。

「それにしても、どういうこと」

「町おこしの一環だな。姫野って、これといった特産品がないだろ。役場から協力してくれと言われたんだ。おぜん立てまでされたら、断れないだろ」

姫野町は、太林市と友好都市協定を結んでいる。数年前、役場や商工会、農協などのお偉方が太林に視察旅行に出かけた。その際、歓迎会でシャンヤオカイの肉を出され、一同はその美味《おい》しさに感激したのだという。

接待役の現地の人によると、外国人には人気だが、現地の人はほとんど食べないのだそうだ。迷信が理由だという。シャンヤオカイは、真っ黒で長い毛を持ち、鶏が絞め殺されるときのような不気味な声で鳴く。古来、鬼の使いとして忌み嫌われ、目にするだけで身内の死を呼ぶとされているとか。

　ずいぶん前に、他地域から移住してきた人が、試しに家畜化を試みたところ、わりと簡単に飼育でき、肉が美味なばかりか上質の羊毛が取れることも判明したそうだ。噂を聞いて訪れた欧州の高級生地メーカーからも、高く評価されたという。

　それを受けて、太林市は商品化に乗り出した。本格的にシャンヤオカイの家畜化を進めようとしたのだ。しかし、迷信に固執する高齢者を中心に反対が根強く、結局モノにはならなかったという。

　日本でなら、飼育できるかもしれないと言われ、視察団は俄然《がぜん》、その気になった。ただし、野生動物を日本に持ってくるのは極めて難しい。感染症の侵入を防ぐための規制や検疫の壁があるからだ。

　町は県立獣医大学の研究者や地元選出の国会議員に話を持ち込んだ。その結果、特例措置がなされ、現地で野生羊の雄から精液を取り出し、日本の羊に人工授精させる方法で、家畜化を目指すプロジェクトが立ち上がった。

　この段階で青年団に協力依頼があり、町の後押しで、羊の試験飼育を行うためのNPOが設立された。その名は牧羊館《ぼくようかん》。青年団のトップだった保が事務局長に就任し、廃業した町内の養豚場で昨年春から子羊の飼育を始めた。

大樹が肉を咀嚼《そしゃく》しながら言う。

「売れますよ、これ。飼育数を増やしたほうがいい。なんなら俺、牧羊館の専任になってもいいですよ」

「大樹は新しくできる工場で働くんじゃなかったのか？」

「そのつもりだったけど、給料がね。連中のせいで、最低ラインに抑えられるって噂なんです」

「連中って？」

もしかしたらと思いながら夏未が尋ねると、大樹は顔を歪《ゆが》めた。

「中国人やらブラジル人やらタイ人やら……。町のあちこちで見かけるじゃないですか。あいつらがいるから、俺ら日本人も安くこき使われる」

保が寂しくなった生え際を撫でながら、咎《とが》めるような目で大樹を見た。

「給料が不満なら、外国人じゃなくて雇用主に文句を言えよ。それに今、姫野にいる外国人の大半は、農業技能実習生だ」

研修の名目で来日し、不当に安く酷使されている気の毒なケースも多いのだと保は言った。

「どこで働いていようと、外国人は外国人ですよ。とにかく連中と一緒に働きたくないんだ」

大樹はそう言うと、新たな肉を焼き網に載せた。

午後一時ちょうどに最後の患者を送り出した。今日は木曜。二時半から始まる午後の診療は父の受け持ちなので、夏末の今日の仕事はこれでお終《しま》いだ。

電子カルテ用端末の電源を切っていると、昭子が声をかけてきた。

「業者さんが待ってます。お呼びしていいですか？」

一時間ちょっと前に受付から連絡があったという。約束をした覚えはないので、飛び込み営業だろう。どこの会社かと尋ねると、ファンロンという返事があった。

正式名称はファンロン・ファーマ。シンガポールに本社を置く国際的な製薬企業である。設立されてまだ十数年だが、効果が高いと専門家も評価する大ヒット商品、業界用語で言うところの「ブロックバスター」を立て続けに出した。ファンロン、即《すなわ》ち黄竜《ファンロン》を摸《も》したロゴマークは、すっかりおなじみとなった。同業他社の買収も盛んに行い、今や売り上げ世界ランク上位に名を連ねている。日本においては、五年ほど前に老舗中堅製薬企業のトクイ薬品を傘下に収めてファンロン・ジャパンに改称。旧トクイ薬品の営業網を駆使して全国で事業を展開している。

こんな田舎の小さなクリニックまでやってくる担当者の熱意は買うが、正直なところ、会うのは億劫《おっくう》だった。

「暇な院長に相手させてくださいよ。今日はゴルフもないようだし」

「お聞きしたら、夏未先生に任せるとのことです」

「そういうの、慣れていないのよ。粘られたら嫌だわ」

「話を聞いて、パンフレットをもらって、検討しますと言って席を立てば終わりですよ。ともかく、お呼びしますね」

しかたなく再び椅子に座る。すぐにノックがあり、グレーのスーツを着た色白の男が入ってきた。他の業界では営業員に相当する医薬情報担当者、いわゆるMRだが、白衣を着て試験管でも振っているほうが似合いそうな優男だった。髪に白いものがちらほらと交ざっているが、肌の感じからいって、夏未と同年代だろう。男は、柔らかな物腰で頭を下げると、長い指で名刺を差し出した。

「四月一日付で北関東支社に配属され、こちらの地域の担当になりました。遠山元《とおやまはじめ》と申します」

ややこもった声だった。受け取って自分の名刺を渡し、椅子を勧めた。

「こちらのクリニックは、院長先生お一人でやっていらっしゃると伺っていましたが……。失礼ですが、お嬢様ですか？」

それが癖なのか、軽く目を見張りながら言う。

「ええ。今月からここで」

以前の勤務先を聞かれたが、東京の病院にいたとだけ伝える。遠山もそれ以上詮索する気はないようで、鞄《かばん》からパンフレットを取り出した。一か月前に発売されたという血圧降下剤の説明を始める。

「ぜひ、お使いになってみてください」

「そうですね……。検討しておきます」

昭子の助言に従うならば、ここで席を立つべきなのだが、一時間以上待った相手に木で鼻をくくる対応ができるほど、世慣れていなかった。遠山は微笑《ほほえ》みながら続けた。

「こちらでは、最近変わった様子はありませんか？」

やや唐突な質問に困惑していると、遠山は続けた。

「特定の生活習慣病が急増しているとか、季節外れのインフルエンザが流行っているとか」

夏未は首を横に振った。

「その手の情報収集なら、大きな病院に行かれたほうがよくないですか？　ウチの患者は、大半が慢性疾患のお年寄りです。その他には、感染性の胃腸炎とか花粉症とか……。ありきたりのつまらないクリニックですよ」

「ご謙遜を。この国の医療を支えているのは、先生のような地元密着型のクリニックのドクターではありませんか。私でお役に立てることもあろうかと思いますので、今後も密に回らせていただきます」

さすがにヨイショしすぎだろう。そう思ったら、つい口が滑った。

「ウチのような小さなところまで回ってたら、採算が取れないんじゃありません？」

「とんでもございません。ただ……」

遠山は目を瞬《しばたた》くと、苦笑いを浮かべた。

「正直に申し上げると、弊社はこの地域で苦戦しているんです」

保守的な土地柄のせいか、ファンロンの製品は地元の医師たちに敬遠されがちなのだという。薬を処方される患者の側も、昔からある名の通った製薬企業の製品のほうが、安心感があるのだろう。

「テレビCMはそれなりに打ってるから、あとは現場がどれだけ足で稼いでくるかだって、上司にハッパをかけられているんです」

いかにもありそうな話だった。そして、そんな打ち明け話をする遠山にどこか親しみを覚えた。

「大変ですね」

「そういうわけで、よろしくお願いします」

遠山は、立ち上がって深く頭を下げた。

県道を北に向かって車で二十分ほど走る。運転にもだいぶ慣れてきたので、沿道に目をやる余裕も出てきた。この前は気づかなかったが、途中、新しい店が何軒かできているようだ。この町は人が減る一方のはずなのにやっていけるのだろうかと思いながら横目で眺めていたが、信号待ちで停まったときに気づいた。新しい店は外国人を主なターゲットにしているようなのだ。どうりで、エスニック系の店ばかりだと思った。

右手にできた雑貨屋風の店先に出ているのは、色とりどりの包装の外国産食材で、看板の文字はどこのものだか分からない。大音量で民族音楽を流している。店から出てきた三人連れの若い男たちは、浅黒い肌をしていた。

外国から来た人たちが、お国の料理や食材を求める気持ちはよく分かる。一方で昔からの住人、例えば大樹のような人たちが、居心地の悪さを覚えるのもなんとなく理解できた。

ようやく見覚えのある看板が見えてきた。素人臭い狸《たぬき》のイラストがついている。

――道の駅　ひめの

数年前にできた地域振興を目的とした施設で、駐車場と休憩所に地元の特産品売り場が併設されている。去年帰省したとき、土産物を物色しに行ってみたのだが、店頭に並んでいたのは、大根やキャベツなど地元産の野菜のほかは、不気味な色をした玉ネギドレッシングと、地味なパッケージの手作り味噌《みそ》だけだった。どちらも買う気になれず、手ぶらで店を出たのを覚えている。

広々とした駐車場に車を乗り入れる。特産品売り場の店頭に、串焼きという文字を白く染め抜いた赤いのぼりが出ていた。その近くに保が家から持ってきたと思《おぼ》しきバーベキューコンロと長テーブルが設置され、頭に手拭いを巻いた保と大樹が肉を焼いている。一昨日《おととい》のバーベキューの後、大樹が道の駅で試食会をやりたいと言い出したのだ。保はすぐに賛成し、夏未も木曜の午後なら時間があるので、賑《にぎ》やかしに行くと約束した。

平日のせいか、駐車場に停まっている車は数台しかなかったが、コンロの周りには人が集まっていた。

車を停めて外に出る。日差しが出てきたせいか、急速に気温が上がっているようだ。カーディガンを脱いで運転席に放り込み、保たちのほうに向かって歩き出す。

近づくにつれて香ばしい匂いが強くなってきた。中年夫婦が一組に、幼児連れの母親、そしてベースボールキャップをかぶった若い男の五人である。男は紙を手にしている。一昨日、大樹がチラシを作ると言っていたからそれだろう。コンロには、串刺しにした肉が行儀よく並んでいた。保が軍手をはめた手で串をひっくり返すたびに、肉の端から滴る脂が赤く焼けた炭に落ち、なんとも食欲をそそる音が上がる。

「うん。そろそろよさそうだ」

保が言うと、発泡スチロールの皿を持った手が、次々と保に向かって差し出された。

「お兄さん、もう一本、いいかな」

「図々《ずうずう》しいようだけど私もお願いしたいわ」

保が弾《はじ》けるような笑顔で言う。

「もちろんですよ。順番にお渡ししますから、焦らないで！」

顔を上気させた大樹が、焼きあがった串を発泡スチロールの角皿に載せてくれた。

「夏未さんもどうぞ。今日は張りこんで備長炭《びんちょうたん》を使ったから、前より美味《うま》いですよ」

二センチ角ほどの肉が四つ。きつね色の表面に脂の細かな泡が浮いており、見るからに美味しそうだ。手を伸ばそうとしたが、周りから注がれている視線に気づいた。

「私はいいよ。せっかくだから、お客さんに食べていただいて」

チラシを読んでいたキャップの男が顔を上げた。鋭い目とすっきりと通った鼻筋が印象的である。服装がカジュアルなので十代の若者かと思ったが、近くで見ると三十は超えていそうだ。

「この肉、いつから、どこで買えるようになりますか？」

キャップの男の問いに、保が待ってましたとばかりに胸を張る。

「まだ確定ではないんですが、近々ここで販売する予定です」

午前中の駅前、そして午後からのこの道の駅での試食会で、行けるという手ごたえをつかんだのだろう。大樹も続ける。

「チラシにブログのURLが載ってますから、チェックしてください。販売する日が決まったら、アップしますよ」

若い母親が、幼児の頭を撫でながら言う。

「絶対買いに来ようね」

大樹が顔をくしゃくしゃにして笑った。

コンロを片付けて軽トラックの荷台に積み込むと、保は道の駅の事務局に挨拶をしてくると言って、建物に入っていった。大樹は頭から手拭いをはずすと、ポケットから煙草を出して火をつけた。軽トラックの荷台にもたれかかりながら、充実した表情で、長く細く煙を吐き出す。大樹の風上に移動してから、声をかけた。

「ブログも新しく作ったの？」

「いや、そっちはだいぶ前。といっても放置してたんで、昨日、久しぶりに更新したんです」

「そっか。チラシ作りも大変だったでしょ。気合入ってるね」

「嫁のパート代だけじゃアパートの家賃にもならないんです。親父《おやじ》の電器屋も近く畳むことになりそうだし、俺が稼がなきゃ、どうにもならない。やれることはなんでもやろうと思って」

リストラの憂き目にあっただけでなく、実家の電器店まで潰れそうなのか……。そういえばショッピングセンターには、大型家電量販店も入っている。そんな八方ふさがりの状況に置かれている彼が、シャンヤオカイに生活をかけるのはリスクが大きすぎるような気がした。

「安定収入が必要ってことだよね。それなら工場とかに勤めたほうが無難じゃない？」

そう言うと、大樹の目が一瞬にして尖《とが》った。

「前にも言ったように、外国人と一緒に働くのは嫌なんっすよ。隣町の工場は外国人だらけって話だから、姫野にできる工場もそうなるに決まってる」

「付き合ってみたら、案外いい人たちかもしれないよ」

「夏未さんは、連中をよく知らないから。この前もショッピングセンターで友だちの彼女が四、五人に囲まれて声をかけられたって。何言ってんのか分かんなかったらしいけど、ろくでもないことに決まってる」

「……言っちゃなんだけど、あんたたちも同じような悪さしてなかったっけ」

同級生の女子が大樹たちに絡まれて泣いているのを助けたことがある。大樹は一瞬気まずそうな表情を浮かべたが、煙草を携帯灰皿で消すと言った。

「あれは、ただのガキの悪ふざけですよ。連中と違って、悪意なんてなかった。そもそもイキがりたいなら、自分の国でやれって話です」

そう言うと、大樹は真顔になった。

「甘く考えてるようだけど、気をつけたほうがいいっす。ヨーロッパで移民による白人女性の集団強姦《ごうかん》事件があったじゃないですか。日本でだって、あちこちで外国人が犯罪を犯しているに決まってるんだ。なのに、報道されないんですよ。安い労働力がほしい企業や、なんでもかんでも差別だと騒ぎたてる人権屋が、テレビ局や新聞社に圧力かけて握りつぶしてるから」

夏未は思わず大樹の横顔を凝視した。引き締まった唇が不快そうに歪んでいるが、目つきは大真面目である。しかし、ヨーロッパの件はともかく、日本で外国人の犯罪が多発し、その情報が握りつぶされているというのは、陰謀論にしか聞こえない。

「本気で言ってないよね？」

夏未が聞くと、大樹は苛立《いらだ》ったように首を振った。

「現実を見たほうがいいですって。それに、他人事じゃないんだ。昨日、町の北のほうで火事があったでしょ。あれも失火じゃなくて、外国人の放火だって噂です。姫野の農業技能実習生なのか、隣町の工場の連中かは知らないけど、どっちにしても、警察は握りつぶすつもりだ」

夏未は大樹から視線をそらした。極端な排外主義者は、これまでテレビやネットの中の存在だった。まさか身近にいるとは……。永沼のときもそうだったが、どう反応していいのか分からない。たしなめるべきだとは思うのだが、何を言っても聞いてくれないような気がする。

そのとき、保が建物から出てきた。両手をポケットに突っ込み、背中をやや丸めて小走りをする姿が、妙に年寄りじみていた。大樹も表情を和らげ、苦笑している。

「悪い、待たせたな。夏未は昼飯食ってないんだろ。ラーメンでも食いに行くか」

名古屋で人気のチェーン店が、この先に進出してきたのだと保は言った。

「じゃあ、現地で」と言い、自分の車へ向かいながら思った。

今度、保と二人のときに相談してみよう。保は大樹のような極端な考えの持ち主ではなさそうだ。そして、大樹をたしなめるのは、自分ではなく、保の役割だ。

翌週の火曜の朝、患者はぽつりぽつりとしか来なかった。クリニックで働き始めて、そろそろ三週間になる。ここをかかりつけとする患者たちに、院長は月曜と木曜の午後のみ外来に出るという情報が知れ渡ったのかもしれない。実際、昨日も午後は激しく混んだ。

やはり、父のほうが信頼されているのだ。しょうがないとは思うが、週二回の午後の外来が混雑し、待ち時間が長くなるのは問題だった。待たされた患者が、次回、他の曜日や時間帯に来院してくれればいいのだが、他の医療機関に流れてしまったら、クリニックにとって死活問題になる。

心配になってきたので、空き時間に昭子に言ってみた。

「お父さんには、今まで通りに外来に出てもらって、私は訪問診療でもやったほうがよさそうな気がしてきた」

競合相手が少ない分野に進出すれば、必ず患者は集まると力説すると、昭子はため息をついた。

「代替わりのときは、どこも苦戦しますよ。それを乗り切って、自分をかかりつけにしてくれる患者さんを増やしてこそ、一人前ですよ」

「それはそうかもしれないけど、お父さんの外来をいきなり減らしすぎたんだと思う。せめて毎日午後は出てもらうとか」

昭子は、丸い肩をすくめた。

「いざとなったら、私が受付や事務もやります。ここの前に勤めていたおじいちゃん先生のクリニックでは、ナースと兼務でやってましたから」

「えっ、それはすごい。今どき珍しいわ。ものすごく暇だったとか？」

他意はなかったのだが、昭子は豊かな頬を膨らませた。

「この際、言わせていただきますけどね。時間があるなら、あるなりの診療をしたらいかがですか？　夏未先生は、掃除とか、どうでもいいことには気が回るのに、肝心なところがなっていないんですよ」

率直すぎる批判にカチンときたが、時間があるなりの診療と言われて、思い当たることがあった。

大学病院では、時間に追われすぎていた。いわゆる三分間診療は必要悪と割り切っていた。時間に余裕があるのに当時と同じ調子で患者を診てはいないだろうか。それではここでは通用しないと昭子は指摘しているのだ。

「すみませんでした。丁寧に、を心がけてみます」

素直に言うと、昭子はきょとんとしたが、すぐに笑い出した。

「夏未先生のそういうところ、私は好きですよ。患者さんたちも、夏未先生の人となりが分かってくれば、きっと通ってくれます」

受付から内線が入った。ようやく次の患者が来院したらしい。

診察室におずおずと入ってきた患者を見て、やっぱり来たと思った。驚きを顔に出さないよう注意しながら、浅黒い肌のその女性を椅子に座らせる。

色の褪《あ》せたピンクのトレーナーに、昔の中学生が着ていたような三本線が入った運動用のジャージ。身なりは冴《さ》えないが、はっとするほどきれいな顔だちをしていた。

名前はシリポーン。タイ出身の二十一歳だそうだ。

翻訳アプリと身振り手振りを駆使して、身体の具合を聞き出したところ、症状は胃痛。我慢できないほどではないが、二か月以上続いているので、同僚の勧めで受診したという。

触診をしたが、異常はみられなかった。採血をして、胃痛をやわらげる薬を処方する。

「血液検査の結果は、木曜日に出ます。その後もう一度来てください。ストレスが原因かもしれません。ストレス、分かります?」

首を横に振るので翻訳した画面を示すと、彼女は何度もうなずいた。

「仕事、大変なの?」

彼女は悲しそうに目を瞬くと、つぶやくように言った。

「シゴト、ナガイ。シャチョ、オコル」

膝で重ねた彼女の指が、農家の老女のように節くれだっているのを見て、前に保が言っていたことを思い出す。

「農業技能実習生?」

彼女は即座にうなずいた。

「ムトウファーム」

子どものような華奢《きゃしゃ》な身体に、長時間の農作業はさぞかしこたえるだろう。しかし、夏未にできることは限られている。

翻訳アプリを使って、必ず検査の結果を聞きに来るよう伝えた。シリポーンは悲しそうに笑うと、たくさん出してくれと身振りを交えて言った。うまく仕事を抜け出す自信がないのだなと思いながら、二週間分の薬の処方箋を出した。


クリニックを閉めると、保の家へ向かった。今日は手土産持参だ。玄関に出てきた保の母親にそれを渡し、挨拶が遅れたのを詫《わ》びる。白い割烹着《かっぽうぎ》を着た彼女は、前に会ったときより一回り大きくなった身体を揺らしながら何度も頭を下げ、息子は裏の作業場でジャガイモの出荷作業をしていると言った。

作業場の建物は、天井が高かった。土とカビの臭いがうっすらと漂っている。裸電球一つに照らされた薄暗い空間が広がり、その一角に、出荷用の黄色いコンテナが二十個ほど積み上げられていた。

保は、空のコンテナをひっくり返して腰をかけ、芋を選《よ》りながら箱に詰めていた。新ジャガのようで、小ぶりながら、皮がピンと張って、見るからに美味しそうだ。

「こんな時間にどうした?」

「ちょっと聞きたいことがあって」

「その前にシャンヤオカイだけどな。今週末に道の駅で販売できそうなんだ。食肉センターに、まずは三頭分を処理してもらう。どうなることやらだけど、大樹が張り切ってるから、うまくいってほしいよ」

「楽しみだね」

空のコンテナをひっくり返して、自分もそれに座る。

「ところで、武藤ファームって知ってる？」

「このへんで、一番大きい農家だ。人を使って手広くやってる。武藤さんがどうかした？」

「農業技能実習生を使ってるんだよね」

保は軍手をはめた手で、やや乱暴に芋をつかんだ。

「あそこで働いてる子がクリニックに来たのか？」

「個人情報だから、詳しい話はできない。でも、教えて。どういうところなの？」

タイのほか、カンボジア、中国から合計十数人の男女を受け入れているはずだと保は言った。

「扱いがひどいって評判だな」

十年以上前に亡くなった隠居が住んでいたあばら家に二段ベッドをぎゅうぎゅうに詰め込んで寝泊まりさせ、農作業ばかりか、武藤の自宅や庭の掃除や、買い出し、食事作りなどの雑用までやらせているという。着るものや日用品は武藤が支給し、その代わりに給料から相応の代金を差し引いているそうだ。

「まるで昔の遊郭じゃない。ひどいわね」

保は作業の手を止めた。

「受け入れ農家が全部あこぎなわけじゃない。武藤さんのところも、奥さんが亡くなる二年前までは、彼らを厚遇していた。奥さんが手料理をふるまったり、ライトバンで温泉に連れて行ったり」

「今いる人たちからしてみれば、知ったこっちゃないって話でしょ。同業者は、誰も武藤さんに何も言わないの？」

「言って聞くような人じゃないから。まあ、別の意味で文句を言いに行ってる奴はいるけど」

大樹たちだと保は言った。先月、青年団の一部のメンバーが、「不良外国人を連れてくるな。連れてきたなら、監視しろ」と言って、農業技能実習生のいる農家を訪問して回ったそうだ。

「実習生は真面目な人がほとんどだし、遊び回る余裕もなさそうだから、誤解なんだけどな」

「そういえば、大樹君のことも気になってた。あの子の外国人嫌いは度が過ぎるわ。

聞いていると、ムカムカしてくる。一言、言ってやったほうがいいんじゃない？　この辺りに素行のよくない外国人が何人かいるのかもしれないけど、全員がそういうわけではないだろうし、今の話を聞いてると、農家の実習生はむしろ被害者でしょうに」

保はため息をついた。

「何度か注意はした。ただ、強くは言えないよ。あいつもいろいろと大変だから」

「言うべきだよ。大樹君が失業してきついのは分かるけど、弱い立場の人を叩いて憂さを晴らすなんて最悪」

保が大きな目をギョロっと動かした。怒っているときに出る癖だ。

「ちょっと言いすぎだぞ」

保は手に取った芋をコンテナに戻すと、両手を太ももについて、床を見た。顔を上げると、いつもの穏やかな表情に戻っていた。

「俺だって、大樹の暴言を放置する気はないんだ。農閑期に入ったら、青年団の主催で、外国人実習生と地元の若い人間との交流会をやろうと思ってる。一緒に酒飲んでシャンヤオカイを食ったら、誤解が解けるかもしれないだろ。そのときには、大樹の首に縄をつけてでも引っ張っていく。武藤さんのように問題がある受け入れ農家へのけん制にもなるはずだ。外部の目が光っていれば、無茶はしにくい」

「なるほど、それはいい考えだね」

確かに、差別はいけないと指摘するだけで相手が考えを改めるなら、この世から差別などとうの昔になくなっている。問題は、どうやってその無意味さを納得させるかだ。

「しばらく会わないうちに、ずいぶん思慮深くなったね」

夏未が言うと、保は驚いたように眉を上げ、丸い腹を揺らしながら笑った。

「医学博士様がよく言うよ。俺はただの農家のおっさんだ」

そのとき、夏未の携帯電話が鳴り始めた。画面をチェックすると、昭子からだった。

「ああ、夏未先生！　つかまってよかった。すぐに来てください。永沼さんが、自宅で亡くなってるんです」

「えっ……」

「覚えていますよね？　先週の今日、先生が診たお年寄りです。ずっとウチに通ってる……。院長に電話したら、まだゴルフ場だから、戻るには一時間以上はかかるって言われてしまって。住所をメールで送りますから、すぐに来てください！」

最後は悲鳴のようだった。胸騒ぎを覚えた。普通の孤独死なら、ベテランナースはここまで取り乱しはしないはずだ。

昭子の声が聞こえたのだろう。いつの間にか保が立ち上がっていた。

「緊急事態のようだな。現場まで送るよ」

「ありがとう。でも、クリニックまででいい。手ぶらってわけにはいかないから」

「分かった」と言うと、保は小走りで外に出た。

昭子は石造りの門の前で、足踏みでもしていそうな顔で待っていた。外灯に照らされたふくよかな頬は遠目でも分かるほど強張《こわば》っている。車を路肩に停めて、ダッシュボードの上に診察中の札を立てる。クリニックから持ってきた白衣とマスク、ゴム手袋をつけて車を降りた。

門構えも立派だが、それ以上に豪華な作りの和風家屋だった。黒い瓦屋根が厳《いか》めしく、縁側は広々としている。

「こっちです」

昭子に先導され、裏の勝手口に回る。鍵が開いており、昭子はそこから入ったようだ。

靴を脱がずに中に入る。入ってすぐは、広々とした台所になっていた。生ゴミの臭いがかすかにしたが、それ以上に血と汚物の臭いが強烈だった。マスクをつけていても吐き気をもよおすほどだから、つけていない昭子はなおさらきついだろう。

昭子が台所の右手にあるガラス戸を指さす。

「あの部屋に……」

「分かった。昭子さんは、ここで待っていてください」

震えながらうなずく彼女のズボンの膝に、血の跡がついていた。それを見て覚悟を決めたつもりだったが、和室に入るなり、咄嗟に顔を両手で覆った。

これは……。いったい何なのだ。

唾を飲み込み、怯《ひる》むなと自分に言い聞かせながら、現場を注意深く検分する。

永沼は、畳にうつぶせになって息絶えていた。干からびたカエルのように、四肢を広げている。大量の吐血と下血に見舞われ、のたうち回ったのだろうか。畳のあちこちに血の跡がついていた。ベージュのパジャマの袖も、血で真っ赤だ。

何より凄惨なのは、こちらに向けられた顔だった。苦悶《くもん》で歪んでいるのはよくあることだが、カッと見開かれた白目の部分が鮮血に染まっているのだ。目頭からは、まるで赤い涙のような筋まで垂れている。

血や肌の色から見て、死亡からそれほど時間は経っていない。半日から数時間前に発作に襲われ、そのまま亡くなったのだろう。

そんなふうに分析してみても、衝撃は収まるどころか、さらに強くなった。念のために死亡確認をしようという気にもなれない。こんな遺体を見るのは初めてだ。講義や学会で目にした写真の中には、目を覆いたくなるような凄惨な写真もあったが、これほどではなかった。

ざわざわとしたものが、胸に広がる。

先週診たときには、ただの感染性胃腸炎だと思っていたが、そうではなかったのか。

ざわざわとしたものは、次第に痛みに変わった。胃から胸にかけて、錐《きり》で刺されているようだ。

これは自分の誤診の結果なのだろうか。しかし、あのとき、深刻な病気の兆候は、何一つなかったはずだ。

考えるのは後回しにして、警察に連絡を入れた。電話を切ると、背後で昭子が言った。

「目を……。目を閉じてあげようと思ったんです。でも、うまくいかなくて……」

そうせずにはいられなかったのだろう。

昭子はうわごとのように続けた。

「永沼さん、明日で持病のお薬が切れるはずだったんです。いつも、切れる前日にお見えになるのに、今日は来なかったので大丈夫かなと思って、電話をしたら出なくて……。それで、様子を見に寄ってみたらこんなことになってて……」

昭子は、こらえきれなくなったように、しゃくりあげ始めた。

Ⅱ

ロールパンとグリーンサラダの簡単な朝食を終えると、父は自分の使った食器を手に立ち上がった。

「悪いけど、午後の診療を替わってくれ」

テーブルのコーヒーサーバーに手を伸ばしながら夏未は尋ねた。

「用事？」

「永沼さんの葬式に顔を出してくる」

町内にある民営のセレモニーホールで一時から葬儀と告別式だと父は言った。

ややぬるくなったコーヒーをマグカップに注《つ》ぎながら、首を傾《かし》げる。

「今日なの？　やけに早いね」

永沼の遺体が発見されたのは、一昨日の夜である。今日が葬儀なら、昨日は通夜だったはずだ。行政解剖が昨日の早い時間に終わったとしても、通夜や告別式には段取りというものが必要だ。少なくとも一日は余裕をみて日程を組むはずだ。友引を避けるため、あるいはセレモニーホールが適切な日程で押さえられなかったため、強行スケジュールとなったのだろうか。

父は流し台に向かうと、背中をやや丸めて食器を洗い始めた。まるで夏未との会話を避けたがっているようだ。そういえば、一昨日も昨日も、体調がすぐれないと言い、ろくに話そうとしなかった。

父の背中に向かって、夏未は言った。

「一昨日のことだけど、私、お父さんが永沼さんの家に着いた直後に引き上げたでしょ」

現場に到着した二人の警察官に、昭子と二人で状況を説明し終えたところで父がやってきたので、その後は父に任せ、夏未は車で昭子を自宅に送っていったのだ。

「あの後、どうなった？　遺体は監察医に回したんだよね。解剖の結果、もう出てるのかな」

現場の状況からみて、永沼が病死だったのは間違いなさそうだった。しかし、病名は見当もつかない。何らかの感染症の疑いもあると夏未は思っていた。

父は蛇口をキュッと閉めると、皿を水切り籠に伏せた。

「解剖はしてない。俺が死亡診断書を書いた」

夏未は手に持っていたマグカップを落としそうになった。

患者が自宅で亡くなったとき、かかりつけ医は死亡時にその場に立ち会っていなくても死亡診断書を書ける。しかし、それは診ていた疾患に死因が関連しており、異常性はないと判断できる場合だ。

　永沼は吐血や下血ばかりか、眼球からも血を流しながらのたうち回って事切れたようだった。彼を襲った発作は、及川クリニックに通院していたときの疾患が原因とは考えにくい。そして、どう見ても異常である。

　警察官たちにはそう説明し、事件性はなくても、監察医に回し、できれば行政解剖をして死因を究明するべきだと助言した。万一、何らかの感染症だった場合に備え、遺体の取り扱いや汚物の処理には細心の注意を払うようにも伝えた。

　彼らは深刻な面持ちで夏未の話に耳を傾け、必ずそのようにすると言っていた。なのに、解剖はされなかった。

　父が死亡診断書を書いていたからだ。

　なぜなのか？　腹立たしさがこみあげてきた。

　父も、その処理が正しいとは思っていないはずだ。その証拠に、今の今まで、それを隠していた。一昨日の夜、帰宅した後すぐに話したら、夏未が遺体を監察医に回せと強硬に主張すると思ったのだろう。だから、葬儀の当日まで黙っていたのだ。

「ちなみに、死因はなんて書いたの？」

「多臓器不全。外からみただけだから確かなことは言えないが、おそらくいろいろな臓器から出血している」

「なんで⁉　解剖するのが当然でしょ」

父は濡《ぬ》れた手をタオルで拭くと、ようやく振り返った。腰に手を当て、ストレッチをするように身体をひねり始める。その様子がわざとらしくて苛々《いらいら》した。父は最後に両手を頭上で組んで大きな伸びをすると言った。

「そうキーキー言うな。人には事情ってものがある」

町内に住む永沼の息子と連絡を取ったところ、解剖を断固として拒否したのだそうだ。

「正道《まさみち》さんっていうんだ。県会議員をやってて、警察にも顔が利く。俺の顔見知りでもある」

ゴルフコンペで何度か一緒になり、言葉を交わした仲だという。

正道は、「親を孤独死させ、解剖で遺体を切り刻んだという噂でも立てられたら、近くある予定の選挙に影響が出る。通常の病死扱いにしてくれ」と言って、譲らなかったそうだ。

「栄作さんと息子夫婦が犬猿の仲というのは、有名な話だ。そんな噂が出たら、周りはさもありなんと思うだろう。警察も困っていたから、俺が一肌脱ぐことにした」

言い訳がましく言う父を苦々しい思いで見た。コーヒーを飲んで気持ちを落ち着けようとしたが、うまくいかなかった。

父は、昔から調子のよすぎるところがあったが、医師としては尊敬できると思っていた。なのに、腕はともかく、ここまで事なかれ主義だったとは……。

「田舎の人間関係がいろいろ面倒なのは、私にも分かるよ。でも、医者と警察が権力者の言いなりになって、不審死を握りつぶすのはいくらなんでもまずいでしょう」

父はゴルフ焼けした顔に苦笑いを浮かべ、テーブルに着いた。

「そんな大げさな話じゃない。まあ聞け。確かに死因ははっきりと分からなかった。でも、事件性はない。警察はそう言ってたはずだ」

夏未はうなずいた。

外部から何者かが侵入した形跡はなかったし、毒物ではあんな死に方はしない。他殺ではなく病死なのは、まず間違いない。

「だったら杓子《しゃくし》定規に考えず、遺族の事情に配慮してもいいんじゃないか？　解剖して死因を突き止めても、死んだ人間が生き返るわけじゃないしな。研究熱心なのは結構だが、遺族の気持ちや感情を無視した解剖には、俺は反対だ。ご遺体だって人には変わりない。モルモットとは違うんだ」

解剖が研究のためだけに行われるとでも言うのだろうか。一般の人ならともかく、ベテラン医師の言葉とは思えない。

「本気で言ってる？　永沼さんの真っ赤な目を見たでしょ。エボラ出血熱とかその手の感染症を疑ってみるべきだわ。万が一にもそうだったら、手を打たないと、感染が広がってしまう」

しかし、父は首を横に振った。

「あり得ないと俺は思うがな」

死亡診断書を書く前に、念のために県の感染症情報センターに問い合わせてみたと父は言った。

「危険度の高い感染症が発生したという情報はなかった。永沼さんはここ何年もの間、海外はもちろん、この町から遠くには行っていない。エボラだのなんだのに、どうやって感染するんだ。あの赤い目は気にならないでもなかったが、結膜下出血は、感染症以外の原因でも起きる」

それはそうなのだが、都合のいい状況証拠を拾い集めて永沼の死を異常性なしと決めつけていいわけがない。独居老人にたまにある孤独死とは、遺体の状況がまったく違っていた。ただ、父とこれ以上議論をしても、平行線をたどるだけだろう。夏未の胸に諦めの気持ちが広がった。

「警察と遺族には、万一ってことがあるから、遺体の扱いにはくれぐれも気を付けるよう言っておいた。昨日、確認の電話も入れた。俺だって、ちゃんと考えて行動してるんだよ」

夏末は、飲みかけのコーヒーのカップを空の皿に重ねた。

「お父さん、朝の診療に出てくれない？　臨時休診にしてもいいけど」

父が眉間に皺《しわ》を寄せた。

「お前、まさか……」

「警察に行って話してみる」

葬儀は一時に始まる。正道が葬儀の延期に同意しなければ解剖はできないだろうが、遺体をしかるべき場所に運び、監察医に診てもらうぐらいはできるはずだ。時間的にそれも無理なら、夏末自身が遺体を検《あらた》めてもいい。少なくとも、このまま遺体を灰にしてしまうよりはましだ。

父の顔には怒りの色が浮かんでいた。日に焼けた顔が、みるみるうちに赤黒く染まる。

「葬式の当日だぞ！　先方の迷惑を考えろ」

「これは譲れない。さっき永沼さんは何年も海外に行ってないって言ったけど……。このあたりには外国の人がたくさん来てるじゃない」

父がハッとするように目を瞬く。夏末は皿とカップを持って腰を上げた。背後から父の声が聞こえた。

「彼らが感染症を持ち込んだとでも？　荒唐無稽な想像だな。外でそういうことを軽々しく話すなよ。証拠もないのに外国人を疑うなんて、とんでもない」

外国人の多い地方の町の中には、外国人と地元の人たちがうまくやっているところも多い。しかし、姫野は未だにそういう状況ではないから、慎重になるべきだという。

「分かってる。私だって、証拠もない段階でやみくもに疑いを口にするつもりはないわ。ただ、感染症かどうかの判断については、慎重になったほうがいいと思って」

エボラ出血熱、新型インフルエンザといった新興・再興感染症は、日本で発生するのではなく、海外から侵入する可能性が高いと言われている。そして、病原体を運んでくるのは、人間か動物だ。

セレモニーホールは、外壁が薄桃色の四角張った建物だった。七年前、母の葬儀もここで行われた。外壁の色は当時と比べてかなり褪せ、もはや桃ではなく鶏《とり》の生肉のような色をしている。

エントランス前の立て看板には、永沼栄作の名が書かれていた。直径二メートルはありそうな立派な花輪もいくつか出ている。花の土台となっている銀色の円板が、日差しを受けて輝いていた。式まで二時間以上あるのでまだ駐車場の車はまばらだ。

車のエンジンを切ると、運転席でため息をついた。警察署に行き、永沼栄作の死因を究明すべきだと訴えたが、取り合ってもらえなかったのだ。

いったん家に戻り、永沼正道の自宅の番号を調べ、無礼を承知で電話をかけてみた。電話に出たのは秘書だった。正道への取次ぎを依頼したが、葬儀の当日で取り込み中だと言われ、電話を切られた。この時点で、すでに十時を過ぎていた。

正道に直接頼むほかないと思い、こうしてやってきたのだが、正直なところ、気は進まなかった。彼からしてみれば、夏未の行動は常軌を逸していると映るだろう。

しかし、感染症医としての夏未の直感は、看過すべきではないと告げていた。意を決して車から降りた。式に参列するわけではないので、濃紺の無地のパンツスーツだ。一昨年買ったものだが、ウエストがずいぶんゆるくなっている。バッグには遺体を検める場合に備え、防護用のマスクと手袋、そしてコンビニで買ったレインスーツを忍ばせてある。

エントランスを入ると、広いホールになっていた。その一角で、受付の設置をしている男性が二人いた。セレモニーホールのスタッフかと思ったが、礼服を着ているから、親族か関係者だろう。日焼けした年配のほうに声をかけてみた。

「正道さんは、いらしてますか?」

男は老人特有の長い毛足の眉をピクリと動かし、不躾《ぶしつけ》な目で夏未を見た。

「あんた、誰?」

この地方独特の平板な話し方だった。抑揚がないのに、語尾だけ尻上がりになる。

「及川クリニックの者です。私も医者で、父と一緒に栄作さんを診ていました」

「ああ、先生のところの。聞いてるよ」

男は一瞬笑顔になったが、ここが葬儀の会場だと思い出したのか、肩をすくめた。

「正道さんは、そろそろお見えになると思うけど、何の用？」

「頼みたいことがあるんです」

男はエントランスのほうに目を向けると、大きく手を振った。

「噂をすればなんとやらだ。正道さん！」

振り返ると、光沢のある礼服に身を包んだ恰幅《かっぷく》のいい男が、大股で入ってくるところだった。年は還暦前後といったところか。後ろに従えている若い男は、たぶん息子だろう。くっきりとした二重の大きな目と、胡坐《あぐら》をかいたような鼻の形がよく似ていた。

「この人、正道さんに用があるんだって。及川クリニックの娘さん」

正道はぎょっとしたように夏未を見た。しかし、すぐに如才なく頭を下げた。

「及川先生には、大変お世話になりました。父の臨終に私が立ち会えなかったのは残念ですが、及川先生に看取《みと》っていただけて、本当によかった。かかりつけ医というものは、ありがたいものですなあ」

選挙運動で鍛えたのか、よく通る声でまくしたてながら、余計なことは言うなというように、目で合図を送ってくる。それで分かった。彼は今のような作り話を周囲の人間にしているのだ。

「立ち話もなんですから、別の場所で伺いましょう。控室があったよな?」

最後の言葉は、息子に向けてのものだった。彼は廊下の奥を指さし、突き当たりを右に曲がったところが、控室だと言った。

「時間がない。行きましょう」

正道はそう言うと、夏未の背を押すようにして歩き出した。

控室は、六人掛けのソファセットが置いてあるだけの簡素な部屋だった。テーブルには、電気ポットと、一見して大量生産品と分かる茶道具、そしてアルミ製の灰皿が載せられている。

正道は白いレースのカバーがかかったソファにどっかり座ると、ポケットから煙草を取り出し、火をつけた。煙をよけながら、正道の正面に座る。

「ご用件は?　手短に頼みますよ」

「はい。では、単刀直入に。ご遺体を監察医にみせてくださいませんか」

団子鼻と分厚い唇から同時に煙を吐き出しながら、正道は首を横に振った。

「これから葬式だっていうのに、無茶を言わんでください。それに、死因は多臓器不全だ。御父上《おちちうえ》がそう書いたんだから、間違いない」

「でも、あの亡くなり方は……。私も現場でご遺体をみましたが、感染症の疑いがあると思いました」

自分は感染症が専門だったと伝える。

「しかし、御父上の診たては多臓器不全だ」

そう言うと、正道は上半身を前に乗り出し、声を落とした。煙草くさい息がかかり、顔をしかめそうになる。

「そんなに心配しなさんな。御父上や警察が、感染症の可能性を否定できないなんて脅すものだから、遺体の扱いには注意を払いましたよ。故人の希望ということにして、昨日、棺《ひつぎ》の蓋は一度も取っていない。今日の献花も棺ではなく、献花台にするよう、会場と話をつけてある」

今も誰かがうっかり棺を開けないよう、棺を地下の安置室に保管して、自分の妻が付き添っているという。

「家内は気が進まないようだが、しようがない」

「死因の究明と二次感染防止は、別の話です。どちらもそれぞれ重要なんです。葬儀の延期が無理なら、せめて私に遺体をみせていただけませんか？」

正道は、不快感をあらわにしながら鼻を鳴らした。

「お断りだ」

そのとき、ドアが勢いよくノックされた。先ほどの年配の男が顔を出し、正道の所属する政党の県連会長が到着したと告げる。正道の目の色が変わった。

「公務で葬儀には出られないから、挨拶に寄ったっておっしゃってます」

「分かった。すぐに行くとお伝えしてくれ」

男が姿を消すと、正道は太い指で乱暴に煙草をもみ消した。

「お引き取り願いましょう。お聞きの通り、取り込み中でしてな。それと、父の死因については他言無用だ。あなたも医師なんだから、患者のプライバシーは守ってくださいよ」

夏未を部屋から押し出すようにすると、正道は恰幅のいい身体をゆすりながら、小走りに駆け出した。

落胆しながら、その背中を見送った。このままでは、数時間後に栄作の身体は灰になる。その前に遺体を検める方法はないものか。この際、多少強引なことでもやってみるつもりだった。

廊下を歩いていると、よく知った顔がトイレから出てきた。礼服を着ているので別人のようだが、保だった。

保はハンカチを使う手を止め、夏未をしげしげと眺めた。

「いい年のくせに、礼服も持ってないのか？」

「参列は父が。私はちょっと用があって来ただけなのよ。それより、保はなんでこんな早くに来たの？」

青年団として手伝いに来たのだが、人手は足りていると言われたので、いったん家に戻って出直すと保は言った。それを聞いて、ある考えが頭に浮かんだ。

「今、棺は安置室にあるらしいの。棺の付き添いを正道さんの奥さんと交代してあげるというのはどう？」

永沼と息子夫婦は犬猿の仲だったらしいからと、小声で付け加える。

「なるほど、それはいいかもしれない」

夏未は周囲を見回した。声が聞こえそうな範囲には、誰もいなかったが、念のために声を落とす。

「もし、そういう話になったら、内緒で私を安置室に入れてほしいんだけど」

保の喉が唾を飲み込むように動いた。大きな目をせわしなく瞬かせる。

「何をするつもりなんだ」

「詳しくは話せない。でも、必要なことなの」

保は突き出した腹を撫でていたが、やがてうなずいた。

棺の付き添いを正道の妻と交代した保とエントランスで合流し、二人で建物を出た。安置室に入る際、保には、部屋の外で待機して人が来たら知らせるようにと頼んだ。急いで遺体を検《あらた》めて外に出た。待っていた保の顔は真っ青だった。日差しの加減のせいか、ふくよかな頬もしぼんでいるように見えた。駐車場に向かいながら、夏未はさりげなく声をかけた。

「私はいったんクリニックに戻るけど、保はどうする？」

保が非難がましい視線を向けてきた。

「ドアの隙間からちらっと見えたんだけど、夏未はその……。遺体をいじくりまわしたのか？」

「いじったんじゃなくて、検めたの。事情があって、あんなやり方になってしまったけど、これも医者の仕事のうちね。保が大根を引っこ抜くのと変わらない」

明るく言ったが、気分は沈んでいた。禁じ手まがいのことまでしたのに、はかばかしい成果は得られなかったのだ。

当たり前だが、死装束《しにしょうぞく》をめくってみても、皮膚を触ってみても遺体内部の様子は分からない。口の中や目、耳などに出血の跡が認められたが、それだけでは情報が少なすぎる。やはり、解剖が必要なのだ。とはいってもその機会はもうない。

保がため息をつき、眉を寄せた。彼の愛車であるグレーのステーションワゴンの前に着いたのに、乗り込もうとしない。

「何かの感染症だったのか？　少なくとも、夏未はそれを疑っていたんだよな。マスクや手袋まで用意してきたんだから」

「何度も言わせないで。詳しくは話せないのよ。あと、この件は絶対に内緒にしてね。バレたら問題になるわ」

保は不満顔ながら、しっかりうなずいた。秘密は必ず守ってくれる。保は、そういう人間だ。

「とりあえず、俺、帰るわ」

保がドアに手をかけたとき、「保さん」という声とともに、車体の陰から人影が現れた。大樹だった。礼服を着ているせいか、端整な顔立ちがいっそう精悍《せいかん》に見える。

今の話を聞かれていたかもしれないと思うと、顔が引きつった。しかし、大樹に変わった様子はなかった。

「子どもの病院に時間がかかっちまって。何を手伝いますか？」

保は不満顔のまま、首を横に振った。

「もういいんだ。俺は、いったん帰る」

車に乗り込むと、乱暴にエンジンをかけ、車を発進させた。大樹が首をひねりながら、舌打ちをした。

「人を呼びつけておいて、いったいなんなんですかね。何かあったんですか？」

そう尋ねるところをみると、さっきの話は聞こえていない。安堵《あんど》しながら適当に話を作った。

「東京の病院にいた頃の話をしたのよ。そうしたら、なんだかショックを受けたみたい」

大樹は、納得したのかしないのか分からない目をして、軽くうなずいた。

「そういえば、夏未さんは、なんでここに？　葬儀は一時からでしたよね。というか、クリニックはどうしたんですか？」

「ちょっとね。そろそろ帰らなくちゃ」

これ以上話をしていたらボロが出ると思いながら、夏未は軽く手を挙げた。


帰宅後、夏未は自宅の自室にこもり、ネットで文献を片っ端からあたった。永沼栄作を襲った病気の手がかりを見つけたかったのだ。クリニックは午前に引き続き、臨時休診にした。

昭子に電話で確認したところ、永沼栄作は、体調が悪いとすぐにクリニックを受診するタイプだったそうだ。彼が微熱と腹痛を訴えて及川クリニックを受診した後、具合が悪化したとしたら、必ず再受診したはずだという。

その話から推測すると、永沼は亡くなる直前まで、自分の身体が深刻な状態にあると気づいていなかったようだ。つまり、感染性胃腸炎を思わせる軽微な症状の後、突然、致死性の発作に見舞われた。症状が実際に感染性胃腸炎によるもので、別の原因で発作が起きたという可能性も否定できない。

いずれにせよ、エボラ出血熱のようなウイルス性の出血熱が疑わしいと夏未は思う。しかし、ウイルス性の出血熱が国内で発生したという情報はないし、海外でも流行の兆しはない。

ただし、患者が発生してから病原体が特定され、情報が公になるまでにはタイムラグがある。その最中という可能性はあった。元の職場の同僚に聞いてみようかと思ったが、ああいう辞め方をしたので、連絡しづらい。

少し考えた後、国内外の感染症専門医が情報交換に使用しているサイトに情報提供を求める書き込みをした。そのサイトを利用するのは初めてだったが、反応があるのを祈るほかない。

他に方法はないか考えているうちに、先日営業に来たMRを思い出した。この辺りで急増している疾患の情報を集めていたはずだ。名前は確か遠山。感じのいい人だった。電話をかけても、迷惑がったりはしないだろう。

パソコンの電源を切ると、階下のクリニックへ行き、診察室のデスクの引き出しから名刺を取り出した。携帯電話にかけると、遠山はすぐに出た。

「及川クリニックの夏末です。今、話せますか？」

外回りの最中だが、車に戻ったところなので大丈夫だという。早速、ウイルス性出血熱のような感染症の発生情報がないか確かめる。

「そうした情報は耳に入っていませんが……。疑わしい症状の患者さんでもいたのですか？」

「そういうわけでもないんですが、ちょっと気になることがあって」

「気になること、ですか……」

困惑する様子が、目に浮かぶようだが、遠山は「分かりました」と言った。

「何か耳にしたら、必ず先生のお耳に入れるようにします。その代わりと言ってはなんですが、先日お話しした新薬の件について、ぜひ前向きにご検討ください」

「ああ、そうでしたね。父と話してみます」

すっかり忘れていた。

電話を切ると、椅子の背にもたれかかって天井を仰いだ。いくら考えても、他にできそうなことは思いつかなかった。心配が杞憂《きゆう》だったと祈るぐらいしかなさそうだ。あとは、父の話を聞くことか。父は、死後間もない永沼の遺体を検めている。夏末の気づかなかった点に、目を留めているかもしれない。

いつの間にかすっかり日が落ちていた。夕食の支度をしなければと思って腰を上げたとき、車が停まる音が聞こえた。

車のドアを開け閉めする音がしたかと思うと、クリニックの入口から父が呼ぶ声がした。明らかに怒っている。

父は待合室のベンチに座っていた。ネクタイは緩めているものの、礼服を着たままだ。厳しい顔つきで、夏未にも座るように命じた。まるで子ども時代に戻ったようだと思いながら、素直に腰を下ろす。父は低い声で質《ただ》した。

「例の思い付きを誰かに話したのか？　外国人が感染症を持ち込んで、永沼さんに感染させたとかいう、荒唐無稽な話だよ」

目を見開きながら、首を横に振った。

「まさか」

父は、疑いに満ちた視線を夏未に向けた。嘘《うそ》をついてはいけない場面だと思った。

「ただ……。セレモニーホールには行った。警察は埒《らち》が明かなかったから、正道さんに遺体をみせてくれと頼みに行ったの。許可は出なかったけど、勝手にみさせてもらったわ。何も分からなかったけどね。今さら言っても遅いけど、やっぱり監察医に回すべきだったと思う」

父は、もうたくさんだというようにため息をつくと、町内にいる外国人から感染が広がったという噂が流れているのだと言った。葬儀の後、参列者の一人に噂の真偽について問い詰められ、こんな時間になってしまったという。

「誰にも見られなかったのなら、噂はお前のせいではなさそうだな」

保がしゃべったのだろうか。それとも、大樹に話を聞かれていたのか。

いや、二人が噂の発信源とは限らない。警察官の中にも口の軽い人間はいるだろうし、遺体を取り扱う際に細心の注意を払うように言われた業者も、疑いを抱いたはずだ。

感染症が海外から侵入するリスクについては、何度もメディアが取り上げている。何年か前にメキシコとアメリカで発生した新型インフルエンザが日本に飛び火し、水際作戦と称して空港に厳戒態勢が敷かれた。あのときは、ウイルスが弱毒性だったから事なきを得たのだが、強毒性だったら大量の犠牲者が出たはずだ。

こうした情報と、町で見かける外国人を結び付けて考えるのは、さほど難しくはない。いずれにしても、面倒なことになりそうだ。

連休の谷間の月曜と火曜は、患者がひっきりなしにやってきた。クリニックはカレンダー通りに休むので、混むかもしれないとは思っていたが、予想をはるかに上回る混雑ぶりで、外来を終える頃には、へとへとだった。

いつものように掃除を済ませ、昭子と二人でクリニックを出ると、西の空がオレンジ色のグラデーションに染まっていた。その下に薄墨色の山がひっそり連なっている。昭子と並んで、しばし幻想的な風景に見とれた。

「いい行楽日和になりそうですね」

夏未が言うと、昭子は丸い肩をすぼめてため息をつき、明日は夫の実家の田植えに駆り出されるのだと言った。

「私は苗の準備だけで、機械を動かすのは夫ですけど。暑くなりそうで嫌になります。夏未先生は、どこかに出かけるんですか？」

「実は……。永沼さんの死因を自分なりに調べてみようと思ってるんです」

昭子は驚いたように夏未を見ると、目を伏せた。

「気になるのは分かりますが、県や保健所に任せたほうがよくありませんか？」

そうしたいのはやまやまだが、県の感染症情報センターも保健所も動いている様子がなかった。永沼正道が父親の不審死を握りつぶすために、あちこちに圧力をかけたのかもしれない。

「外国人が持ち込んだ感染症だという噂も流れていますしね。夏未先生が動き回ったら、噂を肯定するようなものですよ。昨日、院長もそれを心配していました」

「それは知ってるけど……」

夏未のところにも一昨日、大樹から噂の真偽を確認する電話がかかってきた。陰謀論の類だから真に受けるなと言っておいたが、大樹が納得した様子はなく、外国人に対する聞くに堪えない暴言を並べ立てていた。

大樹をはじめ、外国人の排斥を訴える人たちがこの町には一定数いる。そうした環境では、根も葉もない噂が信憑性《しんぴょうせい》を持って伝わりやすい。昭子が心配するように、夏未が永沼の死因に不審を持っているのが知れ渡れば、彼らはさらに勢いづくだろう。

しかし、だからと言って、様子見を決め込む気にはなれなかった。もし本当に感染症だったら、感染者が少ないうちに手を打たなければ、取り返しのつかない事態を招く。それを許すよりは、過剰反応だったと後で叩かれるほうがましだ。

「後悔したくないので、できることはやりたいんです。慎重にやるから大丈夫ですよ」

永沼の葬儀の日の夜、感染症専門医の交流サイトに情報提供を求める書き込みをした。反応は今のところ鈍く、返信は二件だけだった。一件は、「そのような感染症が、日本で孤発的に発生するとは考えにくい」という指摘。もう一件は、遺体の様子を記した箇所を引用し、「それはすごい。嵐のようだから、ストーム病とでも名づければどうだ」と茶化していた。

気落ちはしたものの、腹は立たなかった。自分が無関係の第三者として書き込みを読んだら、やはり信じられないだろう。

しかし、自分はこの目で遺体を見て、何かがあると確信した。ネットをくまなく調べれば、世界のどこかで似た症例が見つかるかもしれない。

昭子はこれ以上言っても無駄だと思ったのか、「くれぐれも軽率な行動はやめてくださいよ」と念を押した。

「それより昭子さん、体調に変わりありませんか？」

昭子は首を横に振った。

「一応、気にはしてますが、何も」

それは夏未も同じだった。少しでも異変があれば、クリニックを閉めるつもりだったが、今のところ熱はないし、胃腸もすこぶる快調だ。

「何かあったら、すぐに言ってください」

「もちろんです。お腹《なか》でも壊せば、田植えをパスできるんですけどね」

冗談ともつかない口調で言うと、昭子はかご付きの自転車にまたがった。

クリニックの鍵を閉め、自宅の玄関に回ろうとしていると、駐車スペースに白い軽自動車が入ってきた。患者なら診ないわけにもいかないだろうと思いながらエントランスで待つ。

運転席のドアを開けて出てきた人物を見て、クリニックに戻りたくなった。

「こんな時間に何か用？　あの噂なら、根も葉もないって伝えたでしょ」

大樹は、くっきりした眉を寄せ、険しい表情で首を横に振った。

「そうやってごまかすのはもうなしにしてくださいよ。俺らの町で大変なことが起きてるんだから」

「ごまかすって、何も私は……」

そう言いかけるのを大樹が遮った。

「また町内で患者が出たみたいなんです」

大樹の顔をまじまじと見る。背筋を冷たいものが這《は》い登ってくるようだ。

「俺のダチの知り合いの婆《ばあ》さんらしいんだけど、今日の昼、倒れた」

同居している家族が夕方に帰宅して、凄惨な遺体を発見したという。

「その婆さんも血を吐いていたらしいんです。目まで血だらけだったとか。永沼さんも発見されたとき、そうだったんですよね」

猫のような目で見つめられ、視線をそらす。

永沼と同じ感染症の疑いがある。今度こそ検死が必要だ。

「そのお婆さんの遺体、どこに運ばれたか聞いてない？」

「駆け付けた警察が泡を食って、解剖に回せと騒いでたらしいから、そういうところに運ばれたんじゃないっすかね」

「あっ、そうなんだ」

拍子抜けする思いだったが、考えてみれば、普通の人には家族の不審死を世間から隠したり、検死を拒んだりする理由はなかった。永沼家が特殊だったのだ。しかるべき機関で検死を行ったら、白黒がはっきりする。白、つまり感染症ではないのが最善の結果だが、黒だったとしても、事態が放置されるよりは断然いい。そして、検死が行われるなら、この件はひとまず自分の手から離れたも同然だ。ほっとしていると、大樹が続けた。

「それで、夏未さんに頼みがあるんです。町内で二人も犠牲者が出たんだから、感染症で間違いないっすよね」

夏未自身はそれを疑っているものの、大樹の前で迂闊《うかつ》なことは言えない。

「検死の結果が出ないと、なんとも言えない。あと、しつこいようだけど、外国人が感染源だっていうのは、根拠がないからね。言いふらすのはやめて」

大樹が苛立ったように舌打ちをする。

「なんで外国の連中をかばうんだよ。状況から考えて、あいつら以外に考えられないじゃないですか」

「証拠もないのに疑うほうが、どうかしてるわ。もう少し様子を見て……」

「そんな呑気《のんき》なこと、言ってられないっすよ。夏未さんの言ってるのは、綺麗《きれい》ごとでしょ。優等生だった夏未さんらしいけど、こっちには子どもだっているんだ」

「心配なのは分かるよ。でも……」

大樹は嚙みつくように言った。

「外国人を検査してくださいよ。一人じゃ無理なら、役場とか保健所とかそういうところに働きかけて」

「検査？」

「奴らを小学校の体育館か何かに隔離して、徹底的に調べるんです。結果が出るまでそこに留め置いて、何も問題がなければ帰せばいいじゃないですか。そうしてもらえば、俺らは安心できるし、連中にとっても、悪い話じゃないはずですよ。濡れ衣《ぎぬ》だというなら、それを晴らせるわけだから」

熱っぽい口調で話す大樹を信じられない思いで見る。

「無茶を言わないでよ。牛や馬じゃあるまいし、一か所に押し込めて検査なんてできるわけがないでしょ。人権問題になる」

大樹の目が尖った。

「ほら、また綺麗ごとだ。それに、無茶なら、もうやっちまってるんじゃないですか？」

「どういう意味？」

「セレモニーホールの駐車場で、保さんと話しているのを聞きました。あのときは、何の話か分からなかったけど、葬儀の最中に誰かが言い出したんです。通夜から火葬場まで一度も棺を開けないなんておかしい、感染症か何かじゃないかって。それを聞いて、ピンときました。夏未さん、永沼さんの遺体を調べたんですね」

否定したが、大樹が信じた様子はなかった。

「誰にも言いませんから」

夏未に恩を売っているつもりのようだが、たとえ大樹の告げ口で窮地に立たされるとしても、外国人を集めて検査するなど無理な話だった。

「できないわ。やるつもりもない。そもそも、感染症だとしても、病原体が分からない以上、検査って簡単にできるものじゃないの」

「だったら、ますます隔離したほうがよくないっすか？」

もはや、何を言っても分かってもらえる気がしなかった。黙って首を横に振ると、大樹は憎々しげな目で夏未を見た。

「連中をあくまでかばうなら、俺らは、俺らなりのやり方で、この町や子どもたちを守ります。綺麗ごとに付き合う義理はないんでね。夏未さんは専門家かもしれないけど、これは俺ら地元の人間の問題だ」

自分もこの町の人間だ。そう思ったが、口には出さなかった。

住民票がここにあっても、大樹は夏末をコミュニティーの一員とみなしていないのだろう。前から薄々気づいていた。地元に根付いて生きていく人と、自分のように出て行った人間との間には溝がある。同窓会などで旧友に会うたびに、それを感じてきた。

夏末は白々とした気持ちでうなずいた。

「専門医としてアドバイスしとくと、感染症予防の基本は、手洗いとマスクの着用。あと、人ごみを避けること。明日から連休で学校が休みだから、ちょうどよかったわ。連休明けには、検死の結果が出てるんじゃないかな」

大樹は怒りを爆発させるような舌打ちをすると、無言で踵《きびす》を返した。

自宅に戻ると、渋る父を説き伏せて、町内の同業者に片っ端から連絡してもらった。新たな不審死について、詳細を知りたかったのだ。運がいいことに、老女のかかりつけ医はすぐに判明した。その医師によると、遺体は検死に回されたという。結果が出たら、県の感染症情報センターから連絡が来るというので、そのときには教えてほしいと頼んでもらった。

父は電話を切った後も、半信半疑だった。

「見たこともない感染症が、この町で発生するなんて、信じられないけどな」

首をひねりながら言う。

「信じるとか、信じないとか、そういう問題じゃないでしょうに」

父が外で食べると言うので、一人で夕食を済ませると入浴した。その後はパソコンにかじりついて、感染症の発生情報に目を凝らした。めぼしい情報は見つからなかった。今日のところは諦めようかと思っているときに、携帯電話が鳴った。保からだった。保は怒ったように言った。

「大樹が夕方そっちに行っただろ。あいつに何を言ったんだよ」

「何をって……。この町にいる外国人を体育館にでも隔離して検査しろとか言い出したから、断っただけだよ。綺麗ごとだって言われちゃったけど。それより、大樹君がどうかしたの？」

大樹が青年団員を何人か連れて武藤ファームへ向かっているのだと保は言った。

「武藤さんは、この辺りでは一番多く農業技能実習生を雇ってる。まずは武藤さんを説得して、実習生を隔離するって息巻いてるんだ」

あまりにも短絡的だ。呆《あき》れて言葉も出てこない。

「そういうわけで、俺も今から武藤ファームに向かう。武藤さんは難しい人だ。青年団が押し込みまがいのことをしたら、怒り狂う。なんとか大樹たちを止めないと」

大樹たちは仲間の一人を町はずれまで迎えに行っているので、うまくいけば彼らより一足先に到着できるはずだという。

「夏未も来てくれ。今、車でそっちに向かってる。あと数分で着くと思う」

「大樹君は私の話なんて聞かないよ」

「そんなこともないだろ。なんといっても夏未は専門家なんだから」

専門家だからこそ、大樹に拒絶されるのだ。しかし、保にそう説明しても、理解してもらえないだろう。

電話を切ると、パジャマを脱ぎ、パーカーとデニムに着替えた。その最中も、腹が立ってしようがなかった。いくら子どもを案じているとしても、大樹の行動は常軌を逸している。人を無理やり連れ出して閉じ込めたら、誘拐や監禁の罪に問われるのが分からないのだろうか。

駐車場のほうから、クラクションの音が聞こえた。夏未は外へと急いだ。


武藤ファームは町の西北にあった。県道を北上し、もとは農道であったと思われる道を左折し、ひたすらまっすぐに進む。

周囲は闇に包まれていた。街灯の間隔が、都会では考えられないぐらいまばらなのだ。自車のヘッドライトと、たまにすれ違う対向車のヘッドライトだけが頼りだ。

やがて保はスピードを緩め、さらに細い道に入った。緩い上り坂になっている。へッドライトが「武藤ファーム」という看板を照らし出す。

先週、胃痛でクリニックを訪れた若い女を思い出す。確かシリポーンという名だった。検査の結果、不調の原因はやはりストレスのようだった。あれ以来、一度も来ていないが、元気にしているだろうか。

保が「あっ」と小さく声を上げた。フロントガラス越しに前方を見る。

二棟の家と、作業所か納屋のような建物が数軒並んでいた。母屋らしき二階建てと、その隣の平屋の窓から照明の灯《あか》りが漏れている。

その前に、大樹の白い軽自動車が停まっていた。今まさにドアが開き、人が降りてくるところだった。大樹のほかに、ジャージにスポーツ刈りののっぽと、サンダル履きの太った男の計三人のようだ。

保は車を停め、サイドブレーキをキュッと引いた。

「行くぞ」

自分を励ますように言うと、車から出ていく。夏未もすぐ後に続いた。

「保さん！」

スポーツ刈りの男が驚いたように言った。まだ二十歳にもなっていないような、幼い顔立ちをしている。保は、彼にしては精一杯の威厳を見せながら、三人を一喝した。

「バカな真似をするんじゃない」

大樹は白い顔を引きつらせながら、目を尖らせた。

「俺らは俺らの町を守りたいんだ。そのどこがバカな真似なんだよ」

薄暗い中でも、彼の目が異様に輝いているのが分かる。

「まあ、そういきり立つな」

保はなだめるように言うと、今日亡くなった老女の遺体の検死結果が、明日にも出るようだと説明した。

「そうしたら、危険な感染症かどうか分かるんだ。それまで待つんだ」

スポーツ刈りとサンダル履きは、それもそうだと言うようにうなずいたが、大樹は頑《かたく》なに首を横に振った。

「感染症だって結果が出ても、外国人びいきの連中が握りつぶすに決まってる」

たまらずロを開いた。

「危険な感染症の発生情報を握りつぶしたら、国際問題に発展するわ。そんなリスクを負ってまで、外国人をひいきするはずがないでしょ」

大樹は夏未を見るとせせら笑った。

「小難しいこと言ってごまかそうとしても無駄ですよ。騙《だま》されませんから」

カーテンが開く気配がした。平屋のほうを見ると、縁側に面した部屋から、二人の女性が怯《おび》えた様子で外をうかがっていた。そのうちの一人は少女のように華奢だった。

平屋の縁側に歩み寄ると、内側から窓が開いた。女性は、思った通り、シリポーンだった。彼女は、夏未の顔を覚えていたのか、ほっとしたように笑った。

そのとき、ふと気づいた。母屋にいるはずの武藤にも、外の騒ぎは聞こえているはずだ。

「武藤さんは家にいる？」

シリポーンはうなずき、作業場の前に停まっている軽トラを指さした。車があるから、家にいるはずだという意味らしい。まさかとは思うが、嫌な予感がする。

夏未は振り返ると、保に言った。

「私、武藤さんの様子を見てくるわ。こんな騒ぎになってるのに、出てこないのが不思議なの」

サンダルの太った男が、はっとしたように目を見開いた。唾を飲み込むようにすると、怯えたような目で夏未を見る。

「考えてみれば、外国人に一番近いのって、雇い主ですよね……」

大樹の顔に恐怖の色が浮かぶ。夏未は彼を押しのけるようにして母屋に向かい、玄関のチャイムを押した。三度鳴らしても、応答はなかった。

酔っぱらって寝込んでいるだけならいいのだがと思いつつ、裏口に回った。保だけがついてきた。

この辺りの家は、住人が起きている間は、裏口の鍵をかけないのが普通だ。思った通り、武藤家の裏口も施錠されていなかった。ノックをした後、「武藤さん、お邪魔します」と声をかけてドアを開けた。

つい最近、かいだばかりの臭いが、漂ってきた。

到着した警察に現場を任せて保の車に乗り込んだときには、すでに零時に近かった。大樹たちは、早々に引き上げた。武藤が亡くなったことは、彼らによって、瞬く間に町中に知れ渡るだろう。

車を出すと、すぐに保が尋ねた。

「大丈夫か？　俺はともかく、夏未はその……」

「武藤さんからの感染を心配しているなら大丈夫だと思う」

防御に必要なものを何一つ持っていなかったので、遺体には近づかなかった。永沼のときと同様に吐血、下血が激しく、ガラス障子越しでも息がないのはほぼ確実だったから、その必要もなかった。

「でも、状況はあまり良くないわね」

詳しくは検死の結果を待たなければならないが、この町で感染症が発生したのは、疑いようがない。不気味なのは、現時点で感染がどの程度広がっているのか、見当もつかないことだった。感染源や感染経路も不明だ。武藤の死亡により、疑いの目がいっそう外国人に向けられるのは確実だが、その証拠はない。

「いずれにしても、後は専門家に任せるほかないわ。クリニックの医者が関わるような案件じゃないもの」

「これから、どうなるんだ？　外出禁止令とか出るんだろうか」

「そこまでにはならないと思う」

永沼が死亡してから、まだ一週間しか経っていない。同じ感染症にかかった疑いがありそうなのは、大樹の言っていた老女と武藤の二人。正体不明の感染症の病原体が何であれ、それが人から人へと爆発的に感染する状況には至っていないとみるのが妥当だ。今の状況で、経済活動に影響が出るような措置が取られるとは考えにくい。

保はハンドルを握ったまま、ため息をついた。

「これ以上の犠牲者が出なかったとしても、風評被害は確実に出るな。これから夏野菜の最盛期だっていうのに、頭が痛いよ。シャンヤオカイで町おこしどころじゃなくなったな」

そのとき、夏未の携帯電話が鳴った。父からだった。

無視して切ると、すぐにメールが届いた。それに目を走らせるなり、夏未は小さく悲鳴を上げた。全身から力が抜けていき、手に持っていた携帯が、膝に落ちる。

「どうしたんだ？」

ブレーキを踏みこみながら、保が言う。

夏未は無言で首を横に振った。

信じられなかった。昭子と並んで夕焼けを眺めたのは、わずか六時間ほど前ではなかったか。涙は出なかった。悲しみよりも悔しさがわいてくる。

どうして、もっと注意深く彼女の様子を見ていなかったのだろう。彼女は、遺体に触れたと言っていたのに。

悔しさと怒りで頭がどうにかなりそうだったが、今はそんな場合ではないと自分を叱咤《しった》する。これ以上の犠牲が出るのをなんとしてでも食い止めなければならない。そのために必要なのは、冷静になることだ。

この感染症には、前兆らしき症状がほとんどないのだろう。永沼も亡くなる直前まで、体調に大きな異変を感じていなかったようだ。

突然、発症して、身体の中を嵐のように暴れまわる。交流サイトの冗談半分の返信にあったように、まさにストーム病だ。

膝の携帯を拾い上げると、父からもう一通メールが来ていた。

——お前は何ともないのか？

ふいに激しい恐怖が突き上げてきた。昭子が感染死したのなら、自分も同じ道をたどる可能性がある。そしてその前兆は、看護師の昭子ですら気づかないのだから、ないに等しい。

それから一週間、夏未は万が一の感染を警戒して、父とともに自宅にこもった。昭子の葬儀にも出なかったし、クリニックも休診にした。

その間も、テレビとパソコンと携帯電話で情報収集は続けた。保健所や県の感染症情報センターへの情報提供は、テレビ電話を通じて行った。

不思議なことに、姫野町における感染者は、昭子以降は一人も出なかった。それは幸いなのだが、解剖されなかった永沼以外の犠牲者三人を検死解剖しても、病原体は特定されなかった。

何らかの感染症であるのは、間違いないと思うのだが、その正体が分からない。国の機関が中心となり、現在、急ピッチで病原体の特定が進められている。

そんななか、今朝、同じ病気と思われる患者が複数、東京で現れた。

姫野町と関係がある患者なのかどうかは、報道だけでは分からない。

絶望的な気分でネットの情報を漁《あさ》っていると、携帯電話が鳴った。表示されているのは、見覚えのない番号だった。

「及川か？　及川夏未？」

「はい。あの……」

「生きてたかー。よかった、よかった」

快活な笑い声を聞き、ようやく電話の主が分かった。昨年、大学病院で苦境にあるとき、帰国を心待ちにしていた先輩、友永雄介《ともながゆうすけ》だ。

「いつ日本に戻ってきたんですか？」

「書類の上では四月一日付で東都大准教授だ。着任したのは半月ほど前だけどな。そうしたら、いきなり北関東でおかしな感染症の出現だ」

国の調査チームの代表者に任命されたと友永は言った。

「先生が？」

意外だった。友永はアフリカ、東南アジア、中東などでエボラ出血熱や鳥インフルエンザなど新興・再興感染症の調査や治療の経験を持つ。経歴だけみれば凄いキャリアだが、まだ四十を過ぎたばかりである。

「病原体すらいまだに分からないなんて、普通じゃ考えられないケースだから偉い先生方は腰が引けてるんだよ。そこで若造にお鉢が回ってきたというわけだ」

友永は続けた。

「資料を読んでいたら、解剖されなかったものの感染の疑いがある最初の犠牲者を発見した医者として、お前の名があった。それで連絡してみたんだ。最初の犠牲者と接触してから二週間だっけ」

「ええ。防御は万全だったと思うし、体調に変わりはありません。念のために自宅に閉じこもっていますが」

「だったら東京に出てこないか？　俺の助手になってくれ。患者を実際に見たお前が適任だ」

「でも……」

「教授と揉《も》めた話は聞いた。その程度で辞めるなんて、バカだな。そのうえ、このチャンスを棒に振ったら救いようのない大バカだぞ。正体不明の感染症が日本で出現するなんて、おそらく生きている間に二度とない」

　緊急で人を雇う予算はないので無給だが、宿泊費や交通費はなんとかする。将来に向けての実績作りと考えて来てほしいと友永は言った。

　携帯を握る手が汗ばんでいた。行くべきだと思った。チャンスをものにできるかなんて、どうでもいい。昭子ら犠牲者の死を無駄にしないためには、この感染症を抑え込むほかないのだ。

Ⅲ

電車の窓越しにスカイツリーが見えたとき、戻ってきたのだと思った。正月に帰省したときも、二か月半前に逆方向へ向かう電車で東京を出たときにも、その存在は頭の隅にもなかった。なのに、今は東京の象徴のように感じる。

姫野町からは、およそ二時間半かかった。車なら高速道路を使って二時間以内で着けそうだったが、長距離を一人で運転する自信がなくて諦めた。

JRの中央線を神田川沿いの駅で降り、前日にネットで予約したウィークリーマンションにチェックインをする。空気がこもっていたので、窓を開け放ったが、川の臭いがひどかったのですぐに閉めた。

芳香剤の香りがしみついたクローゼットにキャリーバッグの中身を移す。持ってきたものは、わずかだった。着替えと洗面用具、ノートパソコンに筆記用具。必要なものがあれば、コンビニエンスストアででも買えばいい。

部屋を出ると、外堀通り沿いにあるカフェで昼食をとった。東都大附属病院に勤めていた頃、時折利用していた店だ。ランチセットのサラダが割合美味しかった記憶があったが、今食べるとパサパサしていてさっぱりだった。逆に、食後に出てきたカフェオレがとびきり美味しく感じた。

お腹が落ち着いたところで、東都大学医学部キャンパスに足を踏み入れる。およそ半年ぶりだが、拍子抜けするほど変わらなかった。十四階建ての附属病院は、周囲を威圧する要塞のように聳《そび》え立ち、その半分ほどの高さの臨床研究棟と基礎研究棟が寄り添うように並んでいる。

歩きながら、つい伏し目になる。パワハラ教授や元夫と顔を合わせたくなかった。しかし、考えてみれば非難されるようなことは、何一つしていない。堂々と顔を上げて歩くべきだ。

かつて通っていた感染症科の研究室は、臨床研究棟の三階だったが、今日向かうのは、基礎研究棟の地階だ。友永は感染症科の研究室は狭すぎると言って、面倒を見ている博士研究員三人を引き連れて、空いていた基礎研究棟の地階に移ったそうだ。教授をはるかに上回る実績を持つ彼に、誰も異議を唱えられなかったのだろう。

エレベーターのすぐ正面が、友永の研究室だった。ノックをしてドアを開ける。まるでウナギの寝床のような細長い部屋だった。地下なので、当然窓はない。一番奥にあるデスクで、襟がよれたポロシャツを着た友永が顔を上げた。

「座れよ」

入口近くにある四人用のテーブルを指さすと、友永は立ち上がって大きく伸びをした。

椅子を引いて座りながら、友永の様子を観察する。数年間の海外生活で、やや体重が落ちたようだ。砂漠地帯や赤道付近の強烈な日差しにさらされ続けたせいか、色白だった肌は浅黒くなり、漆黒だった髪は茶色味を帯びている。たくましくなったというより、室内遊びが大好きな子が、夏休み明けの始業式に真っ黒に日焼けして登場してきたときのようだった。

友永は夏未の正面に座ると、テーブルに肘をついて手を握り合わせた。切れ長の目で、夏未をまっすぐに見る。

「電話でも話した通り、無給の客員研究員として参加してもらう」

今日中に事務室に寄って、書類にサインをしてくれと友永は言った。その際に、電子メールのアドレスも発行してくれるという。

「タダ働きをさせる以上、拘束はしない。週に何日ぐらいこっちに来られそうだ？」

「何日でも大丈夫です。駅の近くにウィークリーマンションを借りましたし、クリニックは父に頼んできました」

「フルに働けるのか。助かる。宿泊代と交通費は、研究費から出させてもらう」

「ありがとうございます。電話では助手をとおっしゃっていましたが、具体的に何をすればいいんでしょう」

「その前に、全体像を話しておこう」

友永は、てきぱきと説明を始めた。夏未は、持参したノートパソコンを開いた。

これまでに見つかった患者は、姫野町で永沼を含めて四人、首都圏で七人の計十一人だ。いずれも死後に発見されたり、医師が診たときには、手の施しようがなかったりだった。つまり、感染、発症が明らかになった人は、一人も助かっていない。

今後も患者はじりじりと発生するのではないか、と友永は言った。

これまでの状況を踏まえると、この病原体の人から人への感染は、体液や血液を介している。咳やくしゃみでうつるインフルエンザウイルスと比べると、感染力は格段に低い。このため、感染が爆発的に広がるパンデミックに直接つながる可能性は、今のところ低そうだ。

ただし、楽観はできない。自覚症状がほとんどない状態が続いた後、重い発作が突然起きるのが、この疾患の最大の特徴だ。感染者は自宅ばかりか、職場、学校、公共交通機関などいたるところで発作を起こす可能性があり、周囲にいる人が感染リスクにさらされる。

しかも、病原体の致死性は極めて高そうだ。治療法も分からない。当面は、点滴などの対症療法でしのぎながら、本人の免疫系が病原体に打ち勝つのを祈るほかない。

「それにしても、この感染症はいったい何なんでしょう。ネットで調べたり、研究者の交流サイトで問い合わせをしたりしましたが、想像もつきません」

「俺だって同じだよ。竜巻みたいに、一瞬のうちに身体をめちゃくちゃにする感染症なんて聞いたことがない」

竜巻という言葉で思い出した。

「そういえば、私の問い合わせに対して、ストーム病とでも呼んだらどうかとかいう冷やかしのレスがつきました」

友永が初めて白い歯を見せた。

「うまいことを言うもんだな。ちょうどいい。あれに名前が必要だって話になってるんだ。そう呼ぶように提案しよう。それで、調査チームについてだが……」

現在、三班に分かれて作業を進めていると友永は言った。まず第一に、病原体特定班。班長は国立大学の研究者で、メンバーは大学や厚労省傘下の機関の研究者数名。友永の弟子に当たる博士研究員は、メンバーの研究室に出かけ、作業を手伝っているそうだ。

次に治療班。隔離病棟を備えた医療機関で構成し、都内にある国立中央医療研究センターが中核機関となる。患者が発生した場合、これらの機関に搬送し、治療を試みる。当面は対症療法しかないが、病原体の解明が進めば、別の方法も見えてくるはずだという。

最後に、感染経路究明班。厚生労働省の研究機関が中心となって感染ルートの解明に取り組み、予防や感染拡大の防止につなげる。

「俺は代表といっても、実質的には連絡調整窓口というか、はっきり言えば、雑用係だな。情報収集をしたり、各班の成果を取りまとめたりしながら、厚労省など関係機関と対応を協議する」

「それで、私はどの班の所属になるんですか？」

「いや、電話でも言ったように、俺の助手をしてほしい。正直なところ、会議、会議で情報収集やデータの整理に手が回らないんだ」

本来なら部下に当たる博士研究員がやるべきなのだが、本人たちの希望により、病原体特定班に出してしまったので、人手がないのだという。

「分かりました」と答えたものの、やや残念だった。やはり、治療班に参加したかったのだ。しかし、考えてみれば、夏未と同程度の経験や技量を持つ感染症医は、他に何人もいる。花形ポジションが回ってくるはずがなかった。

「俺からの説明は、そんなところだ。で、早速だがいろいろ聞きたい。まずは、遺体を発見したときの様子を教えてくれないか」

写真は見たが、写真ですべてが分かるわけではないと友永は言った。

記憶を頼りに、永沼老人、そして武藤の遺体の様子をできるだけ詳しく伝える。友永はペンをしきりに動かしながら、話を聞いていた。時折、鋭い質問を投げかけてくる。

一通りの話を終えると、とりあえず海外の情報収集をしてほしいと友永は言った。病原体特定班は、病原体を分離し特定する作業が中心で、情報の収集や分析は手薄になっているという。

「主要なデータベースの精査は済んでるけど、マイナーな雑誌や、昔の報告まで調べきれているわけじゃない。ストーム病と症状が一部でも一致する疾患の報告があれば、片っ端からピックアップしてほしいんだ」

「海外の感染症が日本に飛び火したと考えてるんですか？」

「この日本で、新しい感染症が生まれたと考えるより、自然だ。この国は、国土の隅々まで人が出入りしている。アフリカやアマゾンのジャングルなんかと違って、誰も知らない危険な病原体が、長期間にわたって身を潜められるとは思えないんだ」

友永は続ける。

「そういえば、今回、初めて知ったんだけど、姫野町はアジアや南米からの外国人が多いんだって？」

「外国人で発症した人はいないようですが」

「聞いてる。でも、だからといって外国人の中に感染者がいないとは限らない。感染しても症状が軽くて自覚がなかったり、発症しないのかもしれない」

いわゆる不顕性感染という状態だ。

「それはそうかもしれませんが、外国人への偏見がある地域なので注意が必要です」

友永が眉をひそめた。

「しっかりしてくれよ。可能性があると思ったら調べるのが基本だろ。人権と公衆衛生は時に対立する。人権を侵害するのは問題だけど、必要以上に腰が引けるようじゃ、この仕事はやっていけないぞ」

「すみません。心します」

素直に頭を下げると、友永は表情をやわらげた。

「うん。じゃあ、そういうことで、よろしく頼むな。作業には、隣の部屋を使うといい」

もともとは博士研究員たちの部屋なのだが、全員外の研究室に出したので、現在誰も使っておらず、様々なデータベースにアクセスできる共用パソコンがあるという。

うなずくのと同時に、友永の携帯電話が鳴った。厳しい目つきで相手と一言、二言言葉を交わすと、友永は電話を切った。

「都内で新たな患者が出たそうだ」

防護対策を施した救急車が、患者のもとへ向かっており、国立中央医療研究センターに搬送するという。

「これまでのケースと違って、患者に意識があるようなんだ。うまくいけば、助かるかもしれない。治療の様子を見てきてくれないか。先方の先生には俺から連絡をしておく」

「分かりました。行ってきます」

タクシーを使えば十分もあれば着く。夏未はバッグをつかむと、部屋から走り出た。


防護服で身を固めた医師が、バイタルモニターをにらみつけている。画面に表示されたラインは、ずいぶん前から一直線だ。医師は、諦めきれないように唇を噛んでいたが、肩を落として首を横に振った。これでストーム病の犠牲者は十二人になった。

夏未はベッドに横たわる中年女性に軽く手を合わせた。防護服姿のナースがこわごわとした手つきで彼女の真っ赤な目を閉じる。

患者は四十四歳の独身女性。中野区の自宅で昼食を終えた後、気分が悪くなり、リビングルームのソファで横になっていたという。その一時間後に、あの発作を起こした。同居している実母が異変に気づき、一一九番に電話をかけた。

幸いなことに電話を受けた担当者は、優秀で気の利く人間だった。動転している老母を落ち着かせて娘の様子を聞き出し、ストーム病の可能性があると判断して、国立中央医療研究センターに連絡を入れた。

すぐさま感染防護設備の整った救急車が出動した。患者がセンターの隔離室に運び込まれたのは、発作からおよそ五十分後である。この時点で、患者は身体の自由を失ってはいたものの、意識はあった。

エボラ出血熱の治療経験を持つ国内屈指の感染症医が、脱水を防ぐ点滴や、炎症を抑える薬の投与などの対症療法を試みたが好転せず、治療開始から二時間後に息を引き取った。

今回のことで、はっきりした。発作後、スムーズに医療機関に運んでも、現状では患者を助ける術《すべ》がないのだ。今後、症例が積み重なれば、治療方法も見えてくるかもしれないが、それまでの間に、いったいどれだけの犠牲者を出すことになるのか、考えただけでも震えがくる。

治療に立ち会わせてくれた医師に礼を言うと、所定の場所で所定の手順に従って防護服を脱ぎ、消毒を済ませた。

二重扉を通って一般エリアに出ると、廊下の窓から差し込む日差しがまぶしかった。まるで、別世界から戻って来たようだ。悪夢から覚めたようでもある。しかし、実際にはこの窓の外のどこかで、新たな犠牲者が生まれているかもしれないのだ。

時計を見ると、日付が変わる少し前だった。五時間もパソコンに張り付いていたことになる。一人で地下にこもっていると、時間の感覚がなくなるのだろうか。

ずいぶん前に開けた缶コーヒーを一口飲むなり、顔をしかめた。開けたてのときは冷えていたせいか、そこそこ美味しいと思ったのだが、常温に近くなった今は甘ったるくて飲めたものではなかった。

パソコンのモニターを見つめすぎたのか、眼球の表面が痒《かゆ》かった。頭の奥もじんじんしている。

誰もいない部屋を眺めまわす。事務室にあるような無骨なデスクが四台壁に向かって据えられている。そのうち一つが、夏未が向かっているもので、共用パソコンが置かれている。あとの三台は、三人いるという博士研究員の個人スペースだ。部屋の中央には、鮮やかな朱色の楕円《だえん》形のテーブルがあり、研究について議論を交わしたり、食事をとったりできるようになっている。セットになっている椅子の座部はモスグリーンだった。どこかちぐはぐな印象の部屋だった。

廊下を歩く音がしたかと思うと、ノックとともに友永が入ってきた。記者会見の前に着替えたようで、襟のよれたポロシャツではなく、こざっぱりとしたワイシャツを着ている。友永は疲れ切った様子で、楕円形のテーブルの下から椅子を引き出して座った。夏末は椅子を回して、彼のほうに向き直る。

「記者会見、こんな時間までかかったんですか？」

「うん。さすがに疲れたな」

「やはり、今日の一件が……」

いったん発作を起こしたら、迅速に搬送しても対症療法では助からないというのは、衝撃だろう。マスコミの質問攻めにあったのは、容易に想像がつく。

「病原体の特定を急ぐほかないな。気になる情報は見つかったか？」

「いいえ、特に」

友永はうなずくと、席を替わってくれと言った。他のドクターに、問題の感染症をストーム病と名づけたと報告した際に、思い出したことがあるという。

「名前に嵐という字が入っている風土病が、あったような気がするんだ。どんな病気なのかは分からない。名前だけ思い出した」

友永は、データベースの検索欄に、「嵐」と打ち込んだ。吐血、下血などの症状を表す単語も、放り込んでいく。

「こんなものかな」

検索ボタンをクリックして数秒後、論文タイトルが一つだけ表示された。

——ＤＥＭＯＮ　ＳＴＯＲＭ

十五年ほど前、中国の医学誌に掲載された論文のようで、責任筆者も中国人のようだ。

「これだ」

かすれた声で言うと、友永は論文を表示しようとした。出てきたのは十行ほどの概要だけだった。論文自体は中国語で書かれており、概要のみを英訳し、掲載しているのだろう。友永の背後からモニター画面に目を凝らし、素早く内容に目を通す。

中国とミャンマーの国境付近に住む少数民族の間で時折発生する風土病についての報告だった。現地で「ＤＥＭＯＮ　ＳＴＯＲＭ」と呼ばれ、恐れられているらしい。感染源は不明で治療法もないが、密林に生息する小動物を介して感染している可能性があるので、予防には現地住民への啓蒙活動が重要だと書いてある。

続いては、特徴的な症状についての記載だった。それを読み始めてすぐに息を呑《の》んだ。

――当該疾患は、吐血、下血などの発作を起こしてから死に至るまでの期間が、極めて短い。全身の臓器のほか、眼球や耳などの感覚器からの出血もしばしば観察される。

「友永さん、これって……」

ストーム病とほとんど一致する。友永は返事をする間も惜しむように、新たに検索を始めた。しかし、DEMON STORMでいくらデータベースを検索しても他にヒットはなかった。インターネットの検索エンジンを使っても、医学に関係しそうな情報は皆無だった。

「漢字で検索してみたらどうですか？　中国語の論文が出てくるかもしれません。誰か読める人、いますよね」

夏未が言うと、友永はうなずいた。

「DEMONは……。悪魔かな」

「あるいは、鬼か」

友永はインターネットの検索エンジンのキーワード欄に「鬼嵐」と入力して検索ボタンをクリックした。ヒットした情報をスクロールし始める。

ホラー系の小説やドラマのタイトルばかりがずらずらと出てくる。そんなところだろうなと思いながら眺めていたが、友永の手が突然止まった。

――トクイが『鬼嵐』の研究に着手。

ページを開くと、医薬関連の業界紙の記事だった。五行ほどの短いもので、トクイ薬品が中国とミャンマーの国境付近の風土病の実態解明に乗り出すという内容だ。日付は七年前になっている。

友永は、大きく息を吐いた。

「日本で研究している人間がいたとはな」

「信じられない気がします。製薬企業が風土病の研究なんて……。絶対に儲かりませんよね」

「いや、トクイ薬品なら可能性はある。あそこは、ファンロンに買収される前、オーナー社長のワンマン経営だった。国際社会への貢献とかいう名目で、貧困地域の支援をうたった研究を採算度外視でやっていたはずだ。そういう甘いところがあったから、経営が立ち行かなくなって、ファンロンに買収されてしまったわけだけど」

　買収された後、研究が継続されたとは思えないが、データは残っているかもしれないと友永は言った。

「それが手に入れば、きっと役に立つ。明日の朝一番で、ファンロンに問い合わせてくれないか。俺は会議で動けないんだ。妙な具合に情報が広がっても困るから、ストーム病との関係は伏せておけ」

「研究室で、世界のマイナーな感染症を洗い出す調査をしているとでも言ってみましょうか」

　友永はうなずいた。

「それでいこう。とりあえず、さっきの論文概要と今の記事をプリントアウトしておこう」

すぐに、プリンターから印字された紙が吐き出されてきた。それを手に取り、読み始めた。明日、問い合わせをするに当たって、内容を頭にしっかり入れておこうと思ったのだ。数行目に差し掛かったとき、はっとした。

——密林に生息する動物を介して感染している可能性がある。

この部分が引っかかる。排斥騒ぎがあったせいで、外国人にばかり意識を向けていたが、海外から病原体を運んでくるのは、人ばかりではなかった。そして、姫野には国内の他の地域にはいない動物がいる。

——シャンヤオカイ。

肉は美味で、上質な毛が取れるが、真っ黒で鶏が絞め殺されるときのような不気味な声で鳴く。

記憶をたぐって保の言葉を思い出す。

古来、鬼の使いとして忌み嫌われ、目にするだけで身内の死を呼ぶとされている。

そんな迷信があったと保は言っていた。

偶然とは思えなかった。昔の人はシャンヤオカイが恐ろしい病気の原因だと経験上、知っていたのではないか。伝説や迷信の中には、後世の人に大事な何かを伝えるために語り継がれているものがたまにある。

しかし、保たちが飼っている羊は、シャンヤオカイそのものではない。日本で飼われている羊とのハイブリッドだ。県立獣医大の研究者が手続きを踏んで開発しており、病原体のチェックなど安全性の確認も行っている。

それに、あの肉を食べた自分や保たちは発症していない。だから、問題はないはずだと思いたかったが、鬼嵐への警鐘を鳴らすような迷信のインパクトが強すぎる。保たちに申し訳ないような気もするが、感染経路究明班に伝えるべきだろう。

「友永さん、私の取り越し苦労かもしれないんですが、実は……」

夏未は切り出した。

翌朝、九時ちょうどに地下室に出勤してから、部屋に備え付けの固定電話からファンロン・ジャパンに電話した。代表番号にかけ、東都大学医学部の友永准教授の研究室に所属する研究員だと名乗り、トクイ薬品時代の研究について問い合わせをしたいと伝える。電話はすぐに研究企画室へと回された。

研究企画室の担当者の女性に用件を話すと、「調べて文書で回答する」と言って夏未のメールアドレスを聞いた。電話を切ったちょうど一時間後にメールは来た。

それによると、「社長特命プロジェクト」として鬼嵐の研究を手掛けていた時期が二年ほどあったそうだが、目立った成果はなかった。五年前にファンロンの傘下となったのを機に研究は打ち切られ、資料も残っていないそうだ。

成果がなくても、情報は役に立つ。同じ失敗、つまり無駄な実験を繰り返さずに済むからだ。

再び電話をかけ、当時の研究責任者の名を尋ねたが、相手はすでにこの会社にはいないと言うばかりで、名前を教えてもくれなかった。

電話を切ってからしばらく後に、再びメールが来た。シンガポールに本社を置く親会社の指示もあって、学会など公の場で発表したデータや特許として登録したデータを除けば、トクイ薬品時代のものも含めて表に出せないのだと書いてあった。

少し考えた後、ファンロンのMR、遠山に電話してみることにした。会社の同期に一人ぐらいは研究畑の人間がいるはずだ。その人に聞けば、当時、鬼嵐の研究をしていた人物の名前ぐらいは、すぐに分かるのではないか。研究者の場合、名前で検索をかければ、現在の所属先が判明する可能性が高い。

遠山は、すぐに電話に出てくれた。

「大丈夫ですか？　ストーム病患者の遺体の発見現場に立ち会ったと聞きましたが」

「私は、まったく問題ないです。ただ、クリニックのナースが……」

「そうでした。お悔やみ申し上げます。まさかこんなことになるなんて」

そういえば初めて会ったとき、遠山は地元で変わったことがないか聞いていた。本当に、まさかである。

「ありがとうございます。それより、今日はお願いがありまして。遠山さんは、トクイ薬品のご出身ですか？」

「ええ」

「トクイ出身の研究者で親しい人がいたら、聞いてほしいことがあるんです」

七年前の社長特命プロジェクトの責任者の名前を知りたいと伝える。

「そういえばありましたね、そんなプロジェクトが。でも、なぜ興味があるんですか」

「いろいろと事情があって……」

「まあ、いいですよ。聞いてみましょう。当時の社内報にも掲載されていましたから、僕でも調べられるかもしれません」

「助かります」

内心小躍りしていると、キャッチホンが入った。遠山に断って通話を切り替える。

怒りに満ちた保の声が聞こえてきた。

「どういうことなんだ？」

さっき、牧羊館にストーム病調査チームを名乗る人間が訪ねてきて、シャンヤオカイの個体を一頭提出するように要請されたと保は言った。

「感染源となった可能性があるものを一つ一つしらみつぶしに調べるんでしょ」

「あり得ないよ。県立獣医大の先生が、安全性について徹底的に調べてくれたんだから」

「白だと証明してもらえればいいじゃない。妙な噂でも立てられたら、今後やりにくいと思うよ」

「今後も何も、シャンヤオカイはもうおしまいだ。押しかけてきた調査チームの人間の声が無駄にでかいから、シャンヤオカイが疑われてるって、近所の人に知られちまった。今頃、あちこちで噂になってるはずだ」

「そんな……」

「まさかとは思うが、夏未の差し金じゃないよな。親父さんから聞いたんだけど、東京で調査チームに入ったんだって?」

保に嘘はつきたくなかった。

「調べるべきだって上司に言った。それが私の仕事だから……」

言葉を継ぐ前に、電話は切られた。

夕方、遠山からメールが届いた。そこには、鬼嵐の研究プロジェクトが立ち上がった七年前の社内報の記事が添付されていた。本社勤務の同僚にコピーしてもらったという。

記事によると、責任者の名前は立島一弘《たてじまかずひろ》。記事に添えられた顔写真の彼は、髪を短く刈り込み、金属フレームの眼鏡をかけていた。率直に言って、冴えない風貌だ。少なくとも、切れそうなタイプには見えない。目鼻立ちが小ぢんまりしているせいか若く見えるが、名前の後に記載されていた年齢は五十歳だった。

遠山にお礼のメールを送った後、早速ネットで立島の名前を検索した。研究者は学会誌や学術誌に論文を発表するので、名前を検索すればたいてい所属が分かるのだ。ところが、立島の場合ファンロン・ジャパンに在職中の論文しか出てこなかった。しかも直近のものは年初に発表されている。

転職して間もないのだろう。

どうしたものかと迷っていると、友永から状況を尋ねる電話が入った。ありのままを報告した後、付け加える。

「お忙しいところ申し訳ありませんが、先生からファンロンに率直に状況を伝え、正式に協力を求めたほうがいいと思います」

「分かった、電話してみよう。とりあえず、立島という元社員の連絡先が分かればいいんだな？」

「はい。あと、資料があれば入手したいです。今朝、残っていないと言われましたが、全部処分するとは思えないんです」

「了解。ただ、この後も夜中まで会議なんだ。ファンロンからの返事は、お前が受けてくれ。先方には、お前の携帯の番号を伝えておく」

友永は、慌ただしく電話を切った。政府の調査チームの責任者からの依頼であれば、断らないだろう。

ファンロン・ジャパンからの電話は、それからおよそ二時間後にかかってきた。最初のコールが鳴り終わる前に、電話を取った。

今朝、鉄壁のガードで情報の提供を断った研究企画室の女性だった。事務的な口調で彼女は言った。

「お問い合わせの件ですが、やはりお答えできません」

「ちょっと待ってください。友永から事情を説明させていただきましたよね？　せめて、立島さんの連絡先ぐらいは」

「お答えしようがないんです。亡くなってしまったので」

夏末が言葉を失っていると、女性は淡々と続けた。

「退職した直後に出かけた旅先で、交通事故に遭ったそうです」

「そんな……」

「友永先生のご依頼ですから、改めて資料を探してみましたが、やはりすべて廃棄されていました。あのプロジェクトは、トクイ時代の慈善事業のようなものですから、ファンロンは引き継がなかったんです」

気を取り直して夏未は尋ねた。

「立島さん以外に、プロジェクトの内容が分かる人はいませんか？」

「パートの女性社員が立島の補助をしていましたが、内容まではとても……。というわけですので、ご期待に沿えず申し訳ございません」

夏未が言葉を発する前に、彼女は電話を切った。

張りつめていた気持ちが、急速にしぼんでいく。それと同時に一日の疲れが、どっと出てきたようで、身体が重くなった。


翌朝、アラームが鳴る前に目が覚めた。窓を開けると、絡みつくような湿気と腐臭が入ってきた。神田川の淀《よど》んだ水が蒸発して空中に漂っているかのようだ。窓を閉め、エアコンをつける。水が配管を流れる音がした後、噴き出し口から、かび臭い冷気が出てきた。この部屋で新鮮な空気を吸う方法はないようだ。

気に入らないのは、空気ばかりではなかった。ベッドカバーは紫色のペイズリー柄だし、レースのカーテンは、日に焼けて黄ばんでいる。極めつけは、ひびの入った便器の蓋だった。使用する上で問題はないが、トイレに入るたびに侘《わび》しい気持ちになる。

サイドテーブルからノートパソコンを取り上げると、ベッドの上で電源を入れた。メールの着信はなかった。続いてニュースサイトで新着情報をざっとチェックする。

ストーム病関連の新しいニュースは、出ていないようだった。鬼嵐である可能性については、まだマスコミには伏せている。不確かな情報が一人歩きするのはよくないという友永の判断だ。

パソコンを閉じると、仰向《あおむ》けになって目をつぶった。今日は、午前八時から四十分だけ友永の身体が空いている。その間に大学で打ち合わせをする予定だが、夏未から報告できることはなかった。チームに加えてもらったのに、まったく役に立っていないのが、我ながら情けない。

七時にセットしたアラームが鳴り始めた。出かける支度をしたほうがよさそうだ。シャワーを浴び、シャツとコットンパンツを身につけ、髪を乾かしていると携帯に着信があった。知らない番号だった。ドライヤーのスイッチを切り、通話ボタンを押す。

「朝早くに申し訳ありません。こちら、及川さんの携帯でしょうか」

温みのある声の男性だった。聞き覚えはないと思う。

「及川ですが……」

「私、ファンロン・ジャパンで社長をしております、月田《つきた》と申します」

とたんに、背筋が伸びた。

昨日の女性ではなく、社長自ら電話してくるとは驚きだ。

「友永先生に至急お目にかかりたいのですが」

友永の携帯の番号が分からなかったので、夏未にかけたのだという。

「あの……。昨日問い合わせた件についてですよね。よかったら、私が承りますが」

「いえ、友永先生に直接お話を。お忙しいとは思いますが、なんとか今日中に時間を取っていただけませんか」

「今日ですと……。朝一番の会議の前ぐらいしか時間がありません。八時半ぐらいまで、ということになりますが」

「それで構いません。空いているとしたら、朝ぐらいしかないだろうと思ったので、失礼を承知でこの時間に電話したんです。その心づもりで、会社で待機しています。東都大医学部までは、車で十五分もあれば行けます」

驚くほどの段取りのよさだった。

この場で話のさわりの部分だけでも聞いておきたかったが、時間がなかった。

「では、八時少し前に、基礎研究棟のエントランスの前で待ち合わせましょう」

月田は手短に謝意を述べると、自分が一人で伺うと言って電話を切った。

エントランスの外の石段で、月田の到着を待った。雲が低く垂れこめているのに、うんざりするほど蒸し暑い。梅雨前でこの調子では、今年の夏はどうなってしまうのだろう。

ハンカチで顔の汗を押さえていると、門のほうから見知った顔がやってきた。例のパワハラ教授である。禿《は》げ上がった頭と金壺眼《かなつぼまなこ》を見ていると、悔しさがこみあげてきた。視線をそらしかけ、思い直してまっすぐ彼を見たのだが、相手は夏未に一瞥《いちべつ》もくれず目の前を通過していった。呆気《あっけ》にとられながら、小柄な背中を見送っていると、背後で車が停まる音がした。振り返ると、黒塗りのセダンの後部座席が開くところだった。後部座席から降りてきたのは、品のいい初老の男性だった。仕立ての良さそうなスーツを一分の隙もなく着込み、胸ポケットからはチーフを覗《のぞ》かせている。絵に描いたようなビジネスマンだが、なぜか小型のクーラーボックスを手にしている。夏未はさりげなくジャケットの前ボタンを留め、男性に歩み寄った。


友永は襟のよれたポロシャツにサンダル履きで部屋のドアを開けた。部屋の隅のコートハンガーに上着がかかっているのに、客を迎えるにあたって羽織らないのが、いかにも彼らしい。

着席すると、月田は名刺交換もそこそこに話を切り出した。

「昨日は、弊社の担当が失礼しました」

恐縮するように頭を下げる。友永は脚を組み、鷹揚《おうよう》な態度でうなずいた。

「失礼だったかどうかは、月田さんが持ってきた話次第でしょう」

月田は床に置いてあったクーラーボックスをテーブルに載せた。友永が濃い眉を寄せる。

「これは？」

「トクイが十年ほど前に開発したインフルエンザ向けの抗ウイルス薬、トロイチンです。他社からはるかに薬効が高い新薬が出るという情報が入ったので、治験のフェーズ1まで終えたところで、発売を断念したのですが……」

月田はクーラーボックスの蓋に指の長い手を置いた。日本人にしては色の薄い目をまっすぐ友永に向ける。

「ストーム病が鬼嵐なら、効くかもしれません」

夏未は耳を疑った。もし本当なら、打つ手なしの現状を一気に打開できそうだが、いくらなんでも話ができすぎだ。友永も同じ考えのようだ。目を細めながら確認する。

「立島さんの研究成果ですか？」

「ええ。他に治療方法がないのなら、試してみる価値はあるでしょう」

友永は気を取り直すように、脚を組み替えた。

「よく分からないな。昨日、御社の担当者は、鬼嵐研究の資料はすべて廃棄されていたと説明したようです。しかも、当時の責任者は亡くなり、研究内容を知る人間は他にいないとか」

そう言いながら、月田に鋭い視線を向ける。月田は端整な顔を一瞬歪めたが、担当者に責任はないと言った。

「あれは……。トクイ時代の黒歴史なんです。ファンロンの傘下入りを機に、完全に葬り去りました。当時から詳細を知るのは、研究開発担当の専務だった私を含めてごく少数の人間だけでしたし……」

黒歴史とは、穏やかではない表現だ。しかも、解せない。鬼嵐の特効薬を開発できたのなら、黒歴史どころか大殊勲ではないか。鬼嵐は発生地域が限られており、患者数も少ないが、それが原因で何人も命を落としている。特効薬が完成したのなら、まぎれもなく朗報だ。

夏未がそう指摘すると、月田は唇を噛んだ。

「おっしゃる通りです。ただ、複雑な事情がありまして」

「その事情とやらを聞かせてもらいましょう」

友永に促され、月田は話し始めた。

「実は……。鬼嵐の研究は、トクイ単独で行っていたわけではなく、現地に共同研究者がいたんです。そもそも、彼から要請があって、始まったプロジェクトでした。そのこと自体は問題ないのですが、彼がその……。現地に不法滞在していたものですから」

なるほど、複雑な話のようだ。夏未はノートを広げ、メモを取り始めた。

その人物はロシア人の感染症医で、国際的な医療機関に所属していた。偶然に鬼嵐という風土病の存在を知り、現地での調査を希望したのだという。

しかし、彼の希望は所属機関に却下された。鬼嵐の発生地域である中国とミャンマーの国境付近は、少数民族の居住地域で、両国と小競り合いを繰り広げていた。現地に赴くには、危険すぎると判断されたのだ。

納得できなかったその医師は、旅行者を装って現地入りし、その地に留《とど》まったのだという。

「そのロシア人医師は、なぜトクイに協力を要請してきたんですか?」

友永が尋ねる。

「当時、国際的な医学誌に社長特命プロジェクトによる社会貢献活動をアピールする広告を載せていたんです」

彼はそれを見て、社長宛てに資料を送ってきた。鬼嵐という疾患の詳細が記されており、現地の住民を救うため、治療法を探りたいから協力してほしいと書いてあったという。

「当時の社長は昨年亡くなった徳井《とくい》です。彼が資料を読んで乗り気になってしまいまして……。しかし、そんな危険な地域に社員を派遣することはできませんし、不法滞在者に協力するのは、問題があります。そもそも、トクィは深刻な経営難に陥っていました。まったく見返りが期待できないのに、危ない橋を渡る余裕など、到底ありません」

そこで月田はため息をついた。

「ところが、徳井が、断るなんてとんでもない、是が非でも協力するべきだと言い張りました。ご存知《ぞんじ》のように、徳井は創業家出身のワンマン社長です。私を含め、誰も彼を説得できませんでした。そこで、そうは言っても、不法滞在者におおっぴらに協力などできるはずがありません。その医師の存在を伏せて、プロジェクトを立ち上げ、ひそかに協力することになったんです」

具体的には、対症療法で使用する点滴液や薬品の類を現地に送ったのだという。その責任者が立島だった。

「一年間、そうやって支援を続けましたが、対症療法ではどうにもならなかったようです。すると、先方は薬の提供を要請してきました。入手可能な抗ウイルス薬や抗菌薬を送ってほしい、未承認薬でも構わないというのです」

ある疾患向けの薬が、別の疾患にも効くケースが時々ある。手当たり次第に試せば、鬼嵐に効く薬が見つかるかもしれないとその医師は考えたのだろう。

月田は苦虫を嚙みつぶしたような表情を浮かべながら続けた。

「いくら他に治療法がないといっても、乱暴すぎると思いました。政府の目の届かないような場所とはいえ、人体実験をするようなものですからね。しかし、徳井は、その要請にも応じてしまったのです」

自分は、その時点でプロジェクトから手を引いたと月田は言った。

「とてもではないけれど、ついていけないと思いました。事が表ざたになったら、大問題になってしまいます。ところが、半年ほど経った頃でしょうか。その中の一つに効果がありそうだという報告が立島のもとに届いたんです」

――それがトロイチンというわけか。

いつの間にか、額に汗がにじんでいた。ロシア人医師の報告が事実ならば、確かにトロイチンをストーム病の患者に試してみる価値はありそうだ。しかも、決して不可能な話ではない。月田によると、トロイチンはインフルエンザ向けの薬として、治験のフェーズ1を終了している。健康な人に投与して、安全性を確かめる試験だ。それをクリアしているのだから、安全性は一応担保されている。

通常はその後、患者に投与して治療効果を確かめるフェーズ2、フェーズ3へと進むのだが、事態は切迫している。特例として、すぐにでも患者に投与できるのではないだろうか。

今すぐにでも、治療班の責任者と協議すべきだと思ったが、友永は相変わらず難しい表情を浮かべていた。

「トロイチンがストーム病に効く可能性があるのは、理解しました。しかし、僕には分からない。なぜその報告を握りつぶしたのですか？　特に、徳井前社長の気持ちが分からない。鬼嵐で苦しんでいる現地の人々を救いたいというのが、彼の願いだったのでは？」

詰問するように言われ、月田は、視線を落とした。

「それもあって、黒歴史と申し上げたんです。助かるはずの人を何人も見殺しにしたのかもしれません。しかし、そうするほかなかったんです」

報告後、ほどなくしてロシア人医師が鬼嵐に感染して亡くなってしまったのだという。不運にも感染が判明したとき、彼の手元にトロイチンはなかった。

「しかも、その前後にファンロンから買収を持ち掛けられたのです。ファンロンは、徳井前社長さえ辞任すれば、他の役員は残留させると言っていましたが、違法まがいの研究に手を貸していたのが知れたら、役員の総退陣を迫られるかもしれないと思いました。とても表ざたにはできません」

徳井も、今度は説得に応じた。そうして鬼嵐研究は打ち切られ、黒歴史として、葬り去られたのだという。

月田は淡々と続けた。

「社内で全容を知っているのは、徳井前社長、立島と自分の三人だけでした。私さえ口をつぐんでいれば、黒歴史が蒸し返されることはありません。でも、日本で、東京で死者が出たとなると……。正直に話すほかないと思い、昨夜、シンガポール本社のワンCEOに電話で相談しました」

友永がうなずいた。

「中国系アメリカ人の方でしたよね」

「ええ」

慎重に事情を話したところ、ワンは即座に友永に協力するように指示を出したという。

「治験で使ったトロイチンのサンプルが残っていれば、すぐに持っていくようにとも言われました」

月田は、クーラーボックスを友永の前に押しやった。

「五十人分あります」

何の変哲もないクーラーボックスが、宝の詰まった箱のように見えた。

「治験のデータやロシア人医師からの報告も、追ってメールで送ります。調査チームの皆さんで精査していただき、役立ちそうなら使ってください」

友永は、クーラーボックスを手元に引き寄せながら、力強くうなずいた。

「ありがたくお預かりします。黒歴史については、表ざたにする必要もないでしょう。そうだな……。ストーム病は鬼嵐と酷似しているので、トクイ薬品時代に実施していたプロジェクトで見つかった鬼嵐の治療薬候補の提供を受けたとだけ、言っておきますよ」

友永が「分かったな」という視線を送ってきたので、うなずいた。

月田にとっては、トロイチンが見つかった経緯が問題なのだろう。しかし、一医師の立場からしてみれば、薬の素性など、はっきり言ってどうでもいい。患者の命が最優先だ。

「次に患者が出たら、使ってみますか？」

友永はそのつもりだと言った。

「治療班の先生と相談しなきゃならないし、役人がごちゃごちゃ言うかもしれないが、ただ患者を死なせるよりはましだろう。責任は俺が取る」

友永らしい腹のくくり方だった。

一昨日、死に立ち会った独身女性の顔が脳裏に浮かぶ。感染があと数日遅ければ、彼女は助かったかもしれない。そう思うと胸が痛んだが、それを言っても始まらない。

そのとき、友永の携帯電話が鳴り始めた。

「ちょっと失礼」

友永はしばらく黙って相手の話を聞いていたが、突然、表情が明るくなった。

「確かなんですね。よかった！　のちほど、会議で詳しく聞きます」

電話を切ると、満面に笑みを浮かべながら、友永は夏未の肩を強く叩いた。

「お手柄だぞ」

嫌な予感を覚えた。友永は月田に向き直ると、興奮した口調で説明した。

「感染経路究明班から報告がありました。感染源は、シャンヤオカイとかいう羊でほぼ決まりです。中国の野生の羊と日本の羊のハイブリッドで、姫野町が町おこしに使おうとして飼育していたんですが……」

感染経路究明班が、東京の感染者の一人が、姫野町の道の駅でそれを買って食べていたのを突き止めたという。

「ストーム病は鬼嵐で間違いないでしょう」

月田が「ほう」と言うように、唇をすぼめる。夏未は、苦い思いを噛みしめた。

信じられないというより、信じたくなかった。まさか、シャンヤオカイが……。

しかし、調査に当たった感染経路究明班メンバーはその道の専門家である。彼らが、クロと言ったらクロなのだ。夏未たちは運良く感染を免れたか、感染しても発症しなかったのだろう。

こうなったからには、保たちがただで済むとは思えない。そして、彼らを調査チームに告発したのは、夏未だった。

月田が尋ねる。

「ちなみに、その羊の生息地域は中国のどのあたりですか？」

友永に視線を送られ、夏未は口を開いた。

「北西の方らしいです。鬼嵐の発生地域とは、離れていますね」

「そうは言っても、地続きだ」

友永はそう決めつけると、表情を引き締めた。

「特効薬の候補が手に入り、感染源もほぼ判明しました。ストーム病、いや、鬼嵐の制圧に向けて道筋がついたも同然です。これから、全力で突っ走りますよ」

拳を握りしめながら、宣言する。浅黒い顔の中で、目がギラギラと光っていた。いつの間にか、月田も頬を上気させている。

「トロイチンが使えるといいんですが」

「試してみますよ。今日の会議で、早速諮ります」

二人のやり取りを聞きながら、夏未の気持ちは沈んでいった。

Ⅳ

特急と在来線を乗り継いで姫野駅に着いたのは、午後十一時少し前だった。電車のドアの開閉ボタンを押す前に、駅の様子がいつもと違うのに気づいた。

普段はこの時間になると、ほとんど人がいないのだが、今夜は上りのプラットホームで電車を待っている人が大勢いた。おそらくマスコミの人間だろう。姫野には、ろくな宿泊施設がないし、この時間なら二つ先の駅から最終の東京行きの特急に乗れる。

友永は記者会見の際、この感染症はインフルエンザほど簡単には感染しないから、普段と変わらない生活をしても問題はないと説明したのだが、マスクを着けている人も多かった。

一方、電車を降りたのは、夏未のほかは腰パンの高校生と、勤め帰りらしい男性の二人しかいなかった。ホームから見える線路脇の店は、書き入れ時の土曜だというのに、大半が営業を終えている。午後五時から厚労省で開いた記者会見で、友永はストーム病の症状が鬼嵐と酷似していること、さらには姫野町で飼われているシャンヤオカイが感染源である疑いが濃厚だと発表した。六時から、テレビやネットで記者会見の様子が一斉に報じられた。姫野は、「感染源の町」として、全国にその名をとどろかせたのだ。

改札口を出ると、切符売り場に併設された待合所がある。板張りの壁に沿ってL字型にベンチが据えられただけの簡素なものだ。ベースボールキャップを深くかぶった大樹が、長い脚をこれ見よがしに組んで、隅のほうに座っていた。駅舎内は禁煙だが、駅員が事務所に引っ込んでいるのをいいことに、煙草をくゆらせながら、携帯電話の小さな画面を凝視している。

声をかけると、大樹は素早く立ち上がった。夏未を見る目がいつも以上に険しかったが、さりげなさを装って尋ねる。

「保の様子はどう？」

大樹は煙を吐き出しながら、目を細めた。

「どうもこうもないっすよ。ガタガタ震えていたかと思うと、急に叫びだしたりして、手に負えないかんじでした。夏未さんの親父さんに鎮静剤をもらって、少し落ち着いたみたいだけど……。とりあえず、早いところ行きましょう。嫁が不安がってるから、遅くなりたくないんです」

「ごめんね、迎えに来てもらって」

「いいっすよ。俺もどういう話なのか、聞いておきたいし」

大樹はそう言うと、咥《くわ》え煙草で歩き始めた。

六時からのニュースが一段落したところで、保から電話があった。帰ってきて詳しい状況を説明してほしいというのだ。今、東京を離れるのは難しいし、発表されたこと以外は知らない。知っていたとしても話せないと答えたが、保は頑として引き下がらなかった。埒が明かないので強引に電話を切ったのだが、その後、父から電話が入った。保の両親に呼ばれて、往診をしたのだそうだ。保は死人まで出ている感染症騒ぎの元凶と名指しされてショックを受け、相当参っている。保の両親も心配しているので、できれば、帰ってきて会ってやったほうがいいという。

保は豪胆そうに見えるが、根は繊細な人間なのだ。自責の念を強く感じているのは夏未にも想像がついた。

駅舎を出ると、目の前は小ぢんまりとしたロータリーだ。いつもならタクシーが数台停まっているのだが、今日は一台きりしかいなかった。人影も見当たらない。先に駅を出た二人は、それぞれが迎えの車で去ったのだろう。

ロータリーの中央部に、短時間なら無料で駐車できるスペースがあった。そこに大樹の白い軽自動車がポツンと停まっている。

ふいに先を歩いていた大樹が、煙草を叩きつけるように投げ捨て、車に向かって走り出した。後を追おうとしたが、アスファルトに転がった煙草の先が闇の中で赤く光っている。しようがないので、靴でそれを消していると、大樹が何か叫ぶ声が聞こえた。車のリアウィンドーをしきりに手でこすっている。

近づくと、リアウィンドーに毒々しい色の文字が躍っていた。スプレー缶を使ったのだろう。ホラー小説の表紙の題字のように歪んでいる。

――人殺し。

シャンヤオカイを飼い、その肉を売った人間に投げつけられた言葉だ。

「畜生」

大樹が鬼のような形相でリアウィンドーを叩いた。

大樹に送ってもらった礼を言って車から降りた。

もうすぐ日付が変わる時間だ。農家は朝が早い。普段なら、とっくに消灯している時間のはずだが、雑木林をバックに月光を浴びながらたたずむ古民家風の家屋は、窓という窓に灯りがともっていた。

チャイムを鳴らすと、すぐにガラス戸が開き、保の母親が憔悴《しょうすい》した顔で出てきた。

割烹着を着たままだから、風呂もまだなのだろう。

玄関の上がり框《がまち》に膝をつくと、母親は浮かない表情で頭を下げた。

「わざわざ悪いねえ。シャンヤオカイが原因かもしれないっていうのは、本当なの?」

灯りをめがけて飛んできた虫を手で払いのけながら言う。

「確定ではありません」

「私も保も食べたけど、なんともないわよ。大樹君もそうだし、夏未ちゃんだって食べたんでしょ。それとも、これからその……。血を吐いて死ぬってことなの？」

大樹にもここに来る車中で同じ質問をされた。

「ちなみに、最後に食べたのはいつですか？」

「一月ぐらい前だったと思うけど。大樹君と三人で、うちでバーベキューをやったでしょ。その残りがあるって保が言うから、お父さんと二人でちょっとだけ」

「だったら、そこまで心配する必要はないと思います。感染してから発症するまでの潜伏期間は、一週間程度と推定されています。とっくに過ぎてますから」

今日の夕方、姫野の隣町で新たな犠牲者が出た。永沼を含めると姫野周辺で五人目だ。首都圏と合わせるとこれで合計十三人になる。

首都圏の一人と、今日発生した新たな犠牲者は、いずれも問題の肉を食べていた。大型連休中に、姫野の道の駅でパック詰めされた肉を買っていたのだ。一方で、永沼から感染したと思われる昭子も、永沼の遺体を発見してから、発症して死亡するまでちょうど一週間である。

そう説明すると、大樹は見るからに安堵した様子だった。しかし、実際のところ、油断は禁物である。わずか三例では、潜伏期間を断定できないし、潜伏期間には幅がある可能性もあった。たとえば、エボラ出血熱の場合、それは二日から三週間程度だ。

「問い合わせ窓口に連絡はしましたか？　ニュースで言ってたでしょ」

友永は会見の際、シャンヤオカイの肉を食べた覚えのある人は、専用窓口に電話をするよう、呼びかけた。連絡があった人には、専門医を派遣し、健康状態をチェックすると同時に、相手の承諾を得て検査用の血液を採取する。また、法的根拠がないので、強制はできないが、検査の結果が出るまでは、自宅待機が望ましいと伝える。

やりすぎの感もあるが、この病気は発症したら、極めて高い確率で死に至る。また、肉を口にしたのは、たかだか数十人なので、対処はさほど難しくない。友永の判断は妥当だと、夏未は思う。

「夕方、保に話を聞きに来た調査員の人が、ウチは連絡しなくていいって言ってたけど、したほうがいいの？」

「あっ、そうでしたか。そういえば、大樹君もそんなことを言ってました。調査員に血液を取られたって」

「ウチの家族も全員取られたわ。あれもねえ……。結果がいつ出るのか、よく分からないみたいだけど……」

「今、検査技術の開発が大詰めなんです。完成次第検査して、陰性だっていう報告が来ると思いますよ。そうですね……。遅くても三日後ぐらいまでには、結果が出るんじゃないかな」

保の母は生真面目な表情でうなずいた。

「火曜日ね」

「それまでは、念のために不要不急の外出は避けて、身体に変わりがないか、注意していてください。万一、家族の誰かが発作を起こしたら、汚物に手を触れずに、救急車を呼んでください。その際には、状況を説明するのを忘れないように。テレビのニュースで言ってた通りです」

ふくよかな頬が、みるみるうちに強張った。怖がらせてしまったようだ。夏未は彼女を安心させるため、笑顔を作った。

「大丈夫ですよ。同じ肉を食べた私がピンピンしてますから。感染のリスクが高ければ、大学病院から離れたりしません」

そう言うと、保の母は、ようやく表情を和らげた。

「引き留めて悪かったわね。保は部屋にいるから、会ってやってちょうだい」

やや心苦しさを覚えながら、靴を脱いだ。実は今日の夕方、夏未は九七%の確率で陰性だという報告を受けている。

病原体特定班は昨日までに、複数の犠牲者の血液から新種のＲＮＡウイルスを分離するのに成功した。今日の午後、夏未の血液を調べたところ、そのウイルスは含まれていなかった。

それを伝えれば、彼女はもっと安心できるはずだが、検査については、現時点では非公表である。検査を求める人が、医療機関に殺到したら混乱するとして、友永が当面の間、公表を禁じたのだ。まずは、肉を食べた高リスク群にどの程度感染が広がっているのかを見極めたいという。友永の決定に異存はなかったが、感染を心配している人を前にすると、事実を告げられないのがもどかしかった。


家の中は、思いのほか空気がさらりとしていた。漆喰《しっくい》の壁が湿気を吸収しているのかもしれない。古い木の匂いがかすかに漂う廊下を奥まで進んだ突き当たりの六畳が、保の自室だった。

声をかけてドアを開くと、十数年前に遊びに来ていた頃とほとんど変わらない光景が広がっていた。ホームセンターに売っていそうなパイプベッド、衣装ケースを積み重ねたようなプラスチックの箪笥《たんす》。窓にぶら下がっている化繊のカーテンも、やや色は褪せているが、当時と同じものだ。変わったのは、天井に貼ってあったアイドルグループのポスターが消えていることぐらいだろうか。

保は、ベッドの裾のほうに胡坐をかいて座っていた。目がうつろだった。父が渡した薬が、中途半端に効いているのかもしれない。

「遅くなってごめん」

これまた見覚えのある青いクッションが転がっていたので、それを敷いて横座りで畳に座った。

保が苦渋に満ちた表情で訴える。

「俺にはさっぱり分からない。なんで、鬼嵐とかいう病気の原因が、シャンヤオカイなんだ？　そもそも、なんで告げ口なんかするんだよ」

「立場上、どうしようもなかったし、結果的には正しかったと思う」

「正しい？　夏未はほんとにそう思ってるのか？」

保は上体を乗り出した。

「考えれば考えるほど、おかしいんだよ。調査チームの人にも言ったけど、シャンヤオカイの肉を食べたのは、買った人と試食した人で合わせて五、六十人ぐらいはいる。俺も夏未も食べた。大樹もそうだ。なのに、ほとんどの人がなんともないじゃないか」

「感染しても、免疫力で抑え込んで発症しないか、ごく軽症で済む人がいるんだと思う。あるいは、肉の一部だけが汚染されていたのかもしれない」

ウイルスが特定の臓器に集中しており、解体時に作業員の手や調理器具を介して、肉にうつった可能性がある。

「俺が調査員に渡した肉から、ウイルスだとか菌だとかは出たのか？　出てないんだろ？　今日、話を聞きに来た調査員は、そう言ってた」

「今調べている最中なんだよ」

「だったら、結果が出てから公表すればいいじゃないか。証拠もないのに犯人だと名指しするのはおかしいだろ。濡れ衣なんだよ」

もっともな指摘だが事は姫野町から始まった。シャンヤオカイは姫野町にしかいない。さらに、この病気の症状は鬼嵐と酷似しており、シャンヤオカイのルーツは、鬼嵐の発生地域である中国にある。ここまで材料がそろっていれば、無関係である可能性は低い。

「肉を買ってまだ食べていない人がいるかもしれない。その人が知らずに食べて感染したらまずいでしょ。保が言うように、現時点で濡れ衣だという可能性はゼロじゃない。でも、犠牲者をこれ以上出すわけにはいかないのよ」

「そのためには、俺らを犠牲にしてもしようがないってか？　こっちの身にもなってみろよ」

保は突然顔を歪め、鳩尾《みぞおち》のあたりを叩き始めた。こめかみに脂汗のようなものが滲《にじ》んでいる。

「息苦しいの？」

保はぎゅっと目を閉じ、絞り出すような声で言った。

「何かが詰まってるみたいで……。夏未の親父さんは、精神的な問題からくる症状だろうって言ってた」

「そうだろうね」

「それにしても、胸が痛いってホントにあるんだな。うつ病の人がそう言うのを聞いて、大げさだなと思ってたんだけど……。これは正直、キツイわ」

痛みは、抗不安薬で和らぐはずだ。ベッドの脇にある小さな棚に薬のシートが置いてあったので、手に取って確認した。

「お父さん、一番弱い薬を出してるね。明日、もう少し強い薬を届けるよ。そうすれば、楽になると思う」

保が目を開けた。怯えたような表情が浮かんでいる。

「シャンヤオカイが原因だったら……。俺は、人殺しってことになるのか?」

「そんなわけないよ。殺そうとしたわけじゃないんだから。それに、シャンヤオカイを飼ったり売ったりするときに、専門家の指導を受けたり、食肉処理場で検査してもらったりしたんでしょ。保は、やるべきことはきちんとやってる。落ち度はないよ。仮に、シャンヤオカイが感染源だったとしても、保のせいなんかじゃない」

保の目が尖った。

「気休めを言わないでくれ。シャンヤオカイを飼ったり販売したりしなければ、誰も死ななかったんだ。シャンヤオカイが感染源だって決まったら、俺は……」

保は、頭を垂れ、肩を震わせ始めた。涙が頬を伝っているのに、拭おうともしない。こんなときに、どんな言葉をかければいいのか分からなかった。自責の念を必要以上に感じてしまう人を理詰めで説いても、仕方がない。

クッションから腰を上げ、ベッドに腰掛ける。

「大丈夫だから」

大きな背中に手を添える。保は声を上げて泣き始めた。


翌朝、目が覚めたとき、陽《ひ》はすでに高く昇っていた。身体が重かった。無理もない。昨夜、ベッドに入ったのは二時過ぎだ。それでも、二度寝をする気にはなれなかったし、そんなことをしている場合でもなかった。昼過ぎには東京に戻っていたかった。

着替えて洗面を済ませ、ダイニングルームへ行くと、カーテンを開け放った窓から、初夏を思わせる日差しが降り注いでいた。コーヒーの香ばしい匂いも漂っている。穏やかな休日の朝そのものといった光景だが、父が広げている新聞には、「鬼嵐」というまがまがしい文字が躍っていた。

父が新聞から視線を上げた。

「駅まで車で送ろうか」

「お願い。コーヒーを飲んだら、すぐに出るから」

サーバーに残っていたコーヒーをカップに入れて、父の前に座った。

「昨日、お父さんが保に抗不安薬を飲ませたのって七時ぐらい？」

「そんなものだな。効いてなかったか？」

「一時的には落ち着いたみたいだけど、かなり不安定になってた。もう一段階、強い薬に替えて、睡眠薬も渡したほうがいいと思う。クリニックにストックがあったよね」

「あるにはあるけど、それはどうかな。保君が不安定になってる原因は、はっきりしてる。そういうときに薬に頼るのは考えものだぞ」

「薬漬けはよくないって言いたいわけ？　ただの風邪に、効きもしない抗生物質を出す人がよく言うよ。保のお母さんには、目を離すなって言っておいたけど、それだけでは安心できないの」

父はため息をついた。

「やけに突っかかるな。こういうときこそ、冷静さが必要なんじゃないか？」

そんなことぐらい分かってると言い返そうとしたが、その前に父が続けた。

「保君、そんなに落ち込んでたのか。俺が行ったときには、怒り狂ってたんだけどな」

「私への恨み言なら、聞かされた。まあ、恨みたくなる気持ちは、分かるけどね。身内に密告されたようなものだし、嫌疑は不十分だし。申し訳ないとは思ったな」

父は首を横に振った。

「そんなふうに考えないほうがいい。保君が心配なのは分かるけど、お前はやるべきことをやったんだ」

「それはそうだと思うけど……」

「自信を持てよ。成果も出てる」

「成果？」

さっき読んだ記事に、買った肉を冷凍保存していた人が見つかったとあったと父は言った。

「お前の機転のおかげで、命拾いをしたのかもしれないな」

コーヒーカップを口に運んでいた手が、思わず止まった。父は続けた。

「問い合わせ窓口には、四十件近くの電話がかかってきたそうだ。姫野の人間が多いから、町には今日の昼前に医師団が到着するそうだ」

「そう」

そっけなく答えたが、内心、ほっとしていた。

肉を食べた高リスクの人を把握しようという友永の作戦は、今のところ正しかったようだ。まだ決定はされていないはずだが、血液検査で感染が分かった人には、おそらくトロイチンが投与される。そうすれば、これ以上の犠牲を出さずに済むかもしれない。

まだ、手探りの状態ではある。しかし、数日前までなすすべもない状態だったことを考えると、大幅な前進だった。そして、自分もわずかながら貢献できたのだ。

コーヒーを口に含んだ。いれてから時間が経っているせいか、やや苦い。

「保君の薬を取ってくる」

父はそう言うと、席を立った。

同時に、ポケットに入れておいた携帯が鳴った。友永からだ。急いで出ると、友永は尋ねた。

「まだ、姫野か？」

「はい、これから戻る予定です」

「間に合ってよかった。今朝、感染経路究明班から連絡があった。感染源はシャンヤオカイで決まりだ」

「肉からウイルスが出たんですか？」

保が渡した肉と、購入者が保存していた肉のいずれからも、ウイルスは分離できなかったという。

「だったら、どうして？」

「飼育場にいた十頭のうち、一頭から採取した血液が陽性だったんだ。飼育場で採集した糞《ふん》からも、ばっちり出た」

「……ああ、それなら決まりですね。でもなぜ個体差が生じるんでしょう」

「そんな呑気なことを考えてる場合じゃない。それより、いかに感染を広げないかが重要だ」

感染源を完全に断つため、今朝、残っていたシャンヤオカイをすべて殺処分にし、飼育場も消毒すると友永は言った。その光景を思い浮かべると、いたたまれなかった。

「それより、まだそっちにいるなら、頼みがある」

「治療班の医師団が来るんでしたよね。加勢しましょうか」

「いや、及川には、感染経路究明班の応援を頼みたいんだ」

犠牲者の中には肉を食べていない人もいる。昭子は永沼から感染したようだが、その他はさっぱり分からない。他の動物が病原体を媒介しているのかもしれないし、別のルートかもしれない。それを突き止めるのだという。

「シャンヤオカイを売ってた青年団長と親しいんだよな。それで班長の泉《いずみ》先生から打診があった。どうも、彼の聞き取り調査に苦労しているようなんだ。今日と明日は、そっちで泉先生の指示に従ってほしい」

気が重かった。シャンヤオカイを感染源だと断定した側に夏未が立つと知ったら、保はさらに傷つくだろう。しかし、感情をはさむべきではない。

「分かりました。どこへ行けばいいですか？」

「姫野町の保健所だ。そこが、班の拠点になってる。あと、まだ口外してもらっちゃ困るんだが、いい話がある。トロイチンは効くぞ」

「それは本当ですか？」

「明け方に都内で発作を起こした患者がいたんだ」

先日、夏未が臨終に立ち会った女性の母親だという。

「亡くなった娘と一緒に例の肉を食べたと聞いて、すぐに国立中央医療研究センターに検査入院をさせていたんだ。そうしたら、案の定、調子が悪くなった。臓器が次々と炎症を起こし始めたらしくてな。家族が了解してくれたから、トロイチンを投与したんだが、予後は悪くない。少なくとも、死の危険は脱した」

このまま回復に向かえば、治療に成功した初めての事例になるはずだと友永は言った。

「それは朗報ですね。でも、手続きとか大丈夫だったんですか？」

「ほかに方法はないと言って、押し切った。ただ、今後はまったく楽観できない。悪い話もあるんだ」

中部地方で新たな患者が出たという。

「どこでどうやって感染したのかは、まったく分からない。こっちのほうは、助からなかった」

「十四人目の犠牲者ですか」

「さっき、千葉からも、疑い例の報告が上がってきた。治療班のドクターにトロイチンを持たせて向かわせたが、間に合うかどうかは神のみぞ知るだ」

「手ごわいですね……。確実にじわじわと広がっていく」

封じ込めるのは、不可能という気がしてくる。半日もあれば、地球の裏側まで行けてしまう時代だ。近い将来、日本以外で患者が現れる恐れも十分あった。WHOの専門家も日本の状況を注視しているという。

「やれることを一つずつ片付けていくしかない」

最後は自分に言い聞かせるように友永は言った。

泉美代子《みよこ》は五十代半ばの鋭い目をした女性医師だった。痩せているわけではないのだが、白髪交じりのひっつめ髪で化粧けがないせいか、ひどくギスギスした雰囲気だった。

保健所の会議室の隅に設置されたデスクで、美代子は夏未を立たせたまま、指示をした。

「武藤さんと永沼さんを担当してください。といっても、発症の一週間から十日前に、彼らが訪れた場所や、接触した人はすでに調査済みです」

　今のところ、感染につながりそうな事例は見つかっていないと美代子は言った。

「肉を買って食べたわけじゃないのは、発症した時期を考えると、確かだと思うの。永沼さんは道の駅で肉を売り始める前、武藤さんは、販売開始直後に発症してる。試食については、なんとも言えない。光石さんとかいう青年団長の記憶が曖昧でね。シヨックを受けたのは分かるんだけど、まったく協力的じゃないのよ。子分の平沢とかいう子は、ふてくされてろくに話をしようとしないし」

　彼らに手を焼き、助けを求めてきたようだ。そういえば、美代子はいかにも大樹が嫌いそうな相手だ。

「分かりました。私から聞いてみます」

「あと、武藤さんは農家でしょ。例えば、シャンヤオカイの飼育場に出入りしてたとか、そういうことも確認してほしいのよ」

「ああ、なるほど。飼育場の近所の人に聞いてみます。田舎の人って、都会の人間には信じられないぐらい、人の出入りをよく見てますからね。何か分かるかもしれません。それとあの……。武藤さんのところには、外国人の農業技能実習生が何人か住み込んでいます。彼らには話を聞きましたか？」

　美代子は大げさに顔をしかめた。

「外国人が感染源だという噂が広がってたのは知ってるけど、そんなもの真に受けてるわけ？」

「でも……」

「デリケートな問題だし、武藤さんがああなった後、この町を離れた実習生も多い。聞き取り調査は私がやったんだけど、何の問題もなかったわ。まあ、偏見に踊らされてるのは、あなただけじゃないけどね。行く先々で、外国人が、外国人がって言われるのには、本当にうんざりさせられたわ。まったく、田舎の人間の無知、排外性、偏狭性には、呆れ果てるわね」

決めつけられ、むっとした。その発言だって、ある意味、田舎の人間に対する偏見と言えないだろうか。しかし、そんな議論を今ここでするのは、不適切だった。

「ともかく、あなたが頼りなのよ。よろしくね」

あからさまな愛想笑いに送られて、夏未は会議室を出た。

保健所から車で保の自宅に向かった。十分ほどの道のりである。薬を届けに行った父と鉢合わせするかもしれないと思ったのだが、父は薬を置いてすぐに帰ったという。

保の母は、昨夜以上に硬い表情だった。テレビのニュースで、新たな犠牲者が発生したという情報が流れたのかもしれない。保への取次ぎも断られた。

「今、及川先生からもらった薬を飲んで眠ったところなの。朝まで眠れなかったみたいだから、起こしたくないんだけど」

そう言われては、引き上げるほかなかった。

車に戻ろうとしているとき、裏庭から煙が上がっているのが見えた。まさか火事だったら、と思いながら、様子を見に行くと、保の父親がドラム缶で何かを燃やしていた。

「おじさん、こんにちは」

声をかけると、光石は一瞬険しい目をしたが、すぐに諦めたように肩を落とした。

「大変なことになったなあ」

「おじさんたちは、大丈夫だと思いますよ」

「わしらは、何があっても構わんよ。もういい年だしな。ただ、倅《せがれ》のせいで、他人様が死んだとなると……。ほれ、これを見てみろ」

光石は手に持っていた長いトングで、ドラム缶から板状のものを引っ張り出した。

近づいて目を凝らし、なんとも言えない気持ちになった。それは、五十センチ四方ほどのベニヤ板だった。端に火がついているが、赤い塗料で、「人殺し」と書いてあるのが読み取れる。昨日、大樹の車に書かれていた文字と酷似しているから、同一人物の仕業だろう。

「今朝、軒先に放り込まれてたんだ。参っちまってる倅に見せるわけにはいかないんで、こうして焼いてるんだが、何度もやられちゃ、そのうち気づくだろうな」

「そんなおかしな真似をするのは、一部の人だけですよ」

光石は、ベニヤ板を再びドラム缶に放り込んだ。

「ともかく、真相究明っていうのか？　夏未ちゃんは、それをよろしく頼む。わしらは、それを見守るしかねえ」


車に戻ると、大樹の携帯に電話をかけてみた。何度かけても話し中でつながらなかった。

しようがないので、まずは飼育場の隣人に話を聞いてみることにする。飼育場の場所は、以前、保から聞いた話で、だいたい見当がついていた。

飼育場の近くまで来ると、青いシートが見えてきた。殺処分と消毒作業はすでに終わったのか、あるいは始まっていないのか、作業員や作業車は見当たらない。そういえば、生きているシャンヤオカイを一度も見たことがなかったなと思いながら、飼育場に隣接する農家の庭先に、車を乗り入れた。

玄関先に出てきたのは、小柄な老人だった。作務衣のような服を着て、頭に手拭いを巻いている。顔は皺だらけなのに、背筋はしゃんと伸びていて、いかにも働き者といった風情だ。

調査員だと名乗り、武藤や永沼の姿をこの辺りで見かけなかったかと尋ねる。

「永沼さんは知らねえけど、武藤さんなら、時々早朝に軽トラックで乗り付けてたよ。あそこの軽トラは名前が入ってるだろ」

「飼育場に出入りしてたってことですか？　何のために……」

「あの人は、筋金入りのケチだ。飼育場の裏手に、羊の糞をためとく場所があるわけよ。そっから、勝手に糞を持ってって、たい肥に使ってたみたいだ。余計なこと言って、波風立てたくねえから、黙ってたけどよ。昨日、あの羊が感染源だって聞いて、あー、武藤のおっさんがおっちんだのは、そのせいかって腑《ふ》に落ちた。まあ、自業自得ってやつだな」

　思いのほか簡単に、武藤がシャンヤオカイとつながった。複雑な思いを嚙みしめていると、老人は憎々しげに吐き捨てた。

「俺は、さんざん保に言ったんだ。変な生き物を飼ってたら、ろくなことにならねえぞって。そうしたら、このざまだ。ウチは有機で野菜作って、都会の客に宅配で送ってるんだけど、この騒ぎが始まってから、客のほとんどが逃げちまった。とばっちりもいいところだ。いまんとこ俺の命はあるけど、畑は死んだも同然よ」

　慰めの言葉を探して視線をさまよわせているうちに、はっとした。下駄箱の上に赤いペンキの缶が置いてあったのだ。蓋の縁についている血のような液体は、まだ生乾きのようだ。

許せないという気持ちと、分からないでもないという気持ちが、交互に湧き上がってくる。この老人も、被害者ではあるのだ。

夏未は缶から目をそらすと、老人に突然の訪問を詫びた。


次の調査対象は永沼だ。泉美代子は、永沼の発症前の行動は調査済みだと言っていた。しかし、担当者から携帯に送られてきたメモを読むなり、これでは話にならないと思った。担当者は離れて住む永沼の遺族に話を聞いていた。メモによると、永沼が行った可能性がある場所は、「かかりつけの及川クリニック、駅前商店街、大型ショッピングセンター」。「訪問しあうような親しい友人、知人はいない」と記載されていた。近所の人にも聞き込みをしたようだが、「永沼氏と付き合いがほとんどない」の一文で片付けられている。人手不足なのか、担当者の質が悪いのか。どちらにしても、お粗末すぎる。

遺族よりは、近所の人に話を聞くべきだと考え、永沼の自宅方面へ車を走らせる。永沼の家の前を通りすぎるとき、胸が苦しくなった。夏未にとっては、あの日からすべてが始まった。

家を横目で見たところ、石造りの門も、サッシもすべて閉ざされていた。黒い屋根瓦の立派な家だが、今後、住む人が現れるとも思えない。そのうち取り壊されるか、廃屋になるのだろう。

路肩に車を停め、両隣の家に聞き込みを始めると、メモがお粗末な理由がすぐに分かった。近所の人の口が一様に重いのだ。及川クリニックの娘だと明かし、地域の安全のためにと協力を求めても、「付き合いがほとんどなかったから」と繰り返すばかりだった。永沼の息子は実力派の県議である。余計なことは言わないほうがいいと、近所で示し合わせているのかもしれない。

ようやく話を聞けたのは、四軒目の訪問先だった。永沼家の裏の家である。その家の主婦である老婦人は、長年父をかかりつけ医にしており、夏未のことも知っていた。「及川先生のお嬢さんに頼まれてはねえ」と言いながら、語ってくれたところによると、永沼とは朝、裏庭の掃除をする際に、時折顔を合わせ、挨拶を交わす仲だったそうだ。本人は「たまたま」を連発していたが、裏庭に面した台所から永沼家の駐車スペースが丸見えで、永沼の外出パターンもよく把握していた。

老婦人によると、永沼は毎週木曜を食料や日用品の買い出しの日と決めており、それ以外の外出は、近所を散歩するぐらいだった。亡くなった前週も、永沼は木曜に出かけた。夏未のクリニックを受診してから二日後だから、胃腸炎はそれまでに外出できる程度には治ったのだろう。

木曜と聞いて、引っかかるものがあった。手帳を開いて確認すると、想像通りだった。その日、シャンヤオカイの試食会が開かれている。

夏未が賑やかしに行ったのは道の駅だったが、同じ日の午前中、駅前でも開いたと保か大樹が言っていた。

おそらく駅前にある小さな広場が会場だ。それは、駅前の公共駐車場のすぐそばにある。

その日、永沼が駅前商店街で買い物をしたとしたら、試食会の会場近くを通ったはずだ。永沼とシャンヤオカイとのつながりが、初めて見えてきた。

老婦人にお礼を言うと、車に戻って、大樹に電話をかけた。

「駅前で開いた試食会に、永沼さんが来たかどうか分からない?」

大樹は投げやりな声で言った。

「調査員に同じことをさんざん聞かれました。写真まで見せられたけど、ジジィの顔なんてみんな同じに見えるから」

「年を取った男性は何人かいた?」

「いましたけど、誰が誰かなんて分かりませんよ。それより、いつこの騒ぎは落ち着くんですかね。落ち着いたら夏未さんに頼みたいことがあるんだ」

妻が子どもを連れて、実家に戻ってしまったと大樹は言った。

「あなたの検査結果は、明後日《あさって》までに出ると思う。陰性だと証明されたら、戻ってくるよ」

「嫁はそっちじゃなくて、嫌がらせを恐れてるんです。俺らは、おかしな病気をばらまいた犯人扱いだから」

車に落書きされたと聞き、子どもにも危害が及ぶのではと怯えているという。慰めの言葉もなかった。

「俺は保さんとは違って、泣き寝入りはしませんよ。真犯人を引きずり出して、責任を取らせてやる。そのためには夏未さんの力が必要なんだ」

感染症の発生や蔓延《まんえん》に真犯人など存在しない。そう指摘したかったが、興奮した様子の大樹に向かって、そうは言えなかった。適当に言葉を濁して電話を切った。


ノックして会議室に入ると、泉美代子は隅のデスクでノートパソコンの画面とにらめっこをしていた。他の調査員はまだ戻っていないようで、一人きりである。ひっつめ髪が緩み、あちこちからほつれ毛が出ている。

声をかけると、美代子は顔を上げ、早口で尋ねた。

「何か分かった？」

夏未は会議用の椅子に座り、バッグからメモを引っ張り出した。それを見ながら、調べた内容を報告する。

「試食会を主催した青年団の人たちは、永沼さんが来たかどうか分からないそうです。ただ、駅前商店街の書店で、永沼さんがその日、注文していた本を引き取りに来たという証言は得られました。会場付近を通ったのは間違いありません」

美代子は軽くうなずき、メールソフトを立ち上げた。

「今日中に姫野周辺の全犠牲者の調査が終わるなんて上出来だわ。早速、友永先生に報告しないと」

このあたりの犠牲者は現時点で解剖されず、検体も残っていない永沼を含め五人だ。昭子はシャンヤオカイとは無関係なので永沼から感染したのは確実だろう。昨日発生した新たな犠牲者は、大型連休中に販売された肉を食べていた。もう一人、大樹が話していた五月初旬に亡くなった老女はどうだったのか。

尋ねてみると、確認が取れたと美代子は言った。彼女は大型連休中の四月二十九日、道の駅でシャンヤオカイを購入していた。

「彼女が亡くなったのは五月二日でしたっけ」

潜伏期間は三日間だ。他のケースではおよそ一週間。永沼の場合も試食会の日から死亡まで五日だった。潜伏期間は数日から、十日程度といったところか。

そう言うと、美代子も同意した。

「感染から発症までの経過は、事例がまだ少ないからよく分からないわね。そもそも、肉を食べて発症した人としない人がいる理由も分からないし」

　飼育場にいた十頭のうち、陽性は一頭のみだったが、すでに食肉として処分されたもののうち、どの程度が陽性だったのかは不明だ。だから、シャンヤオカイの個体、あるいは肉の部位による差なのか、それとも個人の体力、免疫力で違いが生じるのかは、まだはっきりしたことは言えない。

「そういえば、さっき治療班から報告が来てたわ。千葉の患者は、発症の数日前に吐いたみたい。重い発作の前に、軽い症状が出る場合があるのかもしれない」

　うなずきながら、はっとした。

　永沼は死亡する一週間前、吐き気を訴えてクリニックを訪れた。あれも前兆だったのではないか。しかし、それでは順序が合わない。試食会が行われたのは、永沼が受診した二日後だ。

　美代子がキーボードを叩き始めた。タイピングのスピードが異様に速い。タッチが強いせいもあり、雹《ひょう》がトタン屋根を叩くような音が響き渡る。水を差すようで悪かったが、夏未は口を開いた。

「永沼さんは、試食会の二日前、吐き気と腹痛を訴えて来院しました。あれも前兆だったのかもしれません。もしそうなら、試食会で肉を食べて感染した可能性はなくなります」

　美代子は手を止め、首を傾けた。しかし、すぐにその首を横に振った。

「前兆云々は、仮説にすぎないでしょ。永沼さんの行動パターンを聞いた限り、試食会のほかに感染の機会はないと思うけど」

　試食した肉が汚染されていたとしか考えられないと言うと、美代子は時計を見た。

「ちょっと待って」

　手元にあったリモコンで部屋の隅にあるテレビのスイッチを入れる。

「友永先生から、七時のニュースを見るようにってメールが来たのよ。動きがあったようなんだけど、取材を受けたりで忙しくて、私たちに説明する時間がなかったみたい」

　オープニング映像がちょうど終わったところだった。ウイルスの顕微鏡画像が映し出される。病原体特定班が撮影したものだろう。髪を七三に分けたアナウンサーがトップニュースを読み上げ始める。

「国内で散発している鬼嵐とみられる感染症の治療薬候補が登場しました。国の調査チームの友永雄介東都大学准教授が取材に応じて、明らかにしました」

　友永は今朝電話で、「トロイチンは効く」と言っていた。その時点では、まだ一人にしか投与していなかったはずだが、その後、他の患者にも試し、確信を得たのだろう。

　アナウンサーは続けた。

「治療薬は、国際製薬企業ファンロン・ファーマの日本法人が、前身のトクイ薬品時代に別の感染症向けに開発したもので、『トロイチン』と呼ばれています。本人や家族の了解を得て発作を起こした二人に投与したところ、いずれも快方に向かいました」

研究室でインタビューに応じる友永の姿が映し出された。心なしか、頬が上気している。「今後、新たな患者が見つかった場合も、発作前、あるいは直後に投与すれば効果が見込めると思います」というコメントを切り出し、画面はスタジオに切り替わった。

「一方、ファンロン・ファーマのチャールズ・ワンCEOは今日の午後、シンガポール本社で取材に応じ、日本法人が保管していたトロイチン五十人分を無償提供したと表明しました」

友永に渡したトロイチンのこともちゃんとニュースリリースしている。ワンCEOとはどんな人物なのだろうと思っていると、細身のスーツをすっきり着こなした東洋人が画面に映った。年は五十前後といったところか。髪を整髪剤でべったり撫でつけているのが気障《きざ》な印象だが、眉が濃く顔つきは精悍だ。

「ファンロン・ファーマは、犠牲になった方々に心から哀悼の意を表します。そして、邪悪な感染症と戦う日本の皆さまへの、協力を惜しみません。今後万一、他の国に飛び火したとしても、同様です。人類の英知をもって、鬼嵐を制圧しましょう」

力強い言葉の後、再びアナウンサーが画面に登場した。

「医薬品として正式に販売するには、追加の臨床試験と厚生労働省の承認が必要ですが、他に治療薬がなく、致死性が極めて高いという特殊事情があることから、政府はトロイチンの使用を暫定的に認める方向で検討に入りました。一方、調査チームはこの感染症の原因ウイルスの分離に成功しました。これにより、数日以内に感染の疑いがある人の検査ができるようになります。首都圏をはじめ各地に飛び火が始まっており、予断は許されない状況ですが、制圧に向けて大きく前進しました」

アナウンサーは一呼吸置くと、次の話題に移った。

美代子はテレビのスイッチを切ると、これまでとは別人のような晴れやかな笑みを浮かべた。

「検査体制も整ったようだし、感染源も分かった。そのうえ治療薬まで登場したんだから、もう大丈夫。一時はどうなることかと思ったけど……」

感極まったように目を閉じる。ため息をつくと、美代子は笑顔で続けた。

「それにしても、特効薬があったなんてね。ファンロンの対応も素晴らしいじゃない。日本企業だったら、あんな迅速な対応はできない」

「ええ」

「友永先生は、ますます忙しくなりそうね。及川さんは東京に戻ったほうがいいわ。私としては惜しいけど、難関だった武藤さんと永沼さんの感染経路を突き止めてもらったわけだし、あとは班のメンバーでなんとかするわ」

夏未に異存はなかった。もともと疫学調査は素人だ。

「じゃあ、いつかまたどこかで会いましょう」

美代子は晴れ晴れとした表情で笑った。


保健所を出ると、県道沿いのファミリーレストランで食事をした。マニュアルがあるはずなのに、それが守られているとは思えない店だった。テーブルの表面は油の膜が張ったようだし、ウェイトレスの制服の襟元も汚れている。

日曜の夜なのに、客は夏未一人だった。町の人々は感染を恐れ、自宅に身を潜めているのだろう。過剰反応のようにも思えるが、夏未には彼らの気持ちが分かる。

首都圏ではほとんどの人にとって、犠牲者は見ず知らずの他人だ。彼らの死は、どこかの誰かを襲った悲劇であり、テレビの中の出来事だ。だが姫野においては違う。誰もが犠牲者の一人や二人と、「知人の知人」程度のつながりを持っている。次は自分や家族かもしれないという恐怖は、特効薬が登場したというニュースぐらいでは拭えない。

運ばれてきたドリアとサラダのセットを黙々と口に運ぶ。

さっき携帯を確認したら、留守番電話に保からメッセージが入っていた。話がしたいので家に来てほしいという。自宅に戻る前に立ち寄ってもいいのだが、建設的な話ができるとは思えない。むしろ、無駄に刺激を与えてしまいそうで怖い。いっそこのまま車で東京へ向かってしまおうか。

心を決められないまま食後のコーヒーを飲んでいると、携帯電話が鳴った。ファンロン・ジャパンのMR、遠山からだった。ウェイトレスの姿も見当たらないので、そのまま電話に出た。

「さっき、ニュースを見たんですが……。もしかして夏未先生は調査チームのメンバーなんですか？」

そういえば、遠山に協力を求めておきながら、ろくに事情を説明していなかった。

「あ、はい。実はそうなんです、すみません。いろいろ言えないことがあったんです。今もそうなんですけど、とにかくありがとうございました。ファンロン・ファーマさんのおかげで、鬼嵐を制圧する目処《めど》がつきました」

「それより、調査チームの一員なら、ぜひ話したいことがあります。早急にお目にかかれませんか？」

「今夜までは、姫野にいます。明日の朝からは東京ですが」

「友永先生のところに戻るんですよね。友永先生にもぜひ一緒に話を聞いてもらいたいんです」

自分はしばらく東京にいると遠山は言った。

「転勤したんですか？」

「そういうわけではなくて……。鬼嵐の件ですが、何かおかしい気がするんです」

「おかしい？」

「ええ。だから、自分なりに調べてみようと思って」

一週間の有給休暇を取り、都内の実家に泊まっているという。

状況がよく分からない。ただ、彼には使い走りをさせたようなものだった。頼みを無下に断るわけにもいかないだろう。

「何がおかしいのか、具体的に教えてもらえませんか？　友永先生に、どういう話なのか分からないけど時間を取ってくれとは言えません。こんな状況ですから」

「こんな状況だからこそなんです！」

叩きつけるような激しい口調に驚いた。

しかし、明日か明後日には、肉を食べた高リスクの人たちの検査の結果が出る。陽性の人に、どのように対応するのか。トロイチンをどう分配するのか。検討すべき課題は山積している。友永の多忙さを説明するしかなかった。

しばらく黙り込んだ後、遠山は暗い声で言った。

「おっしゃる通りですね。もう少し調べて、私の考えをまとめます。実は明日、ある人に会う予定なので、もう少し詳しい話ができるかもしれません。いずれにしても、明日、電話してもいいですか？」

「はい。連絡をお待ちしています」

電話を切ろうとしたが、遠山は続けた。

「一つだけこの場で忠告させてください。ファンロンの協力を手放しで喜ぶのは危険です。むしろ警戒するべきです」

電話は切れた。

夏未は電話をしばらく耳から離せなかった。遠山をよく知っているわけでないが、いい加減な人ではないと思う。むしろ聡明《そうめい》という印象を持っている。その彼が、自社を危険と断定したのだ。そして、あの狼狽《ろうばい》ぶり……。

いつの間にか、ウェイトレスがそばに立っていた。

「あのー、お席で電話は困るんですけど」

――他に客はいないのだから、構わないではないか。

そう言おうとして顔を上げる。マシュマロのような頬をした娘が、怯えた目をして立ちすくんでいた。

「ごめんなさい。控えます」

頭を下げると、ウェイトレスは、ほっとしたように白い歯を見せた。

V

月曜の午後、シャンヤオカイの肉を食べたと自己申告があった約六十人の検査結果が出た。陽性の判定を受けたのは、およそ二割に留まった。治療班の医師はただちに彼らに対し、感染症対策が整った病院に入院して経過観察を受けるよう勧めた。国が必要な費用を全額補助すると決めたこともあり、陽性判定を受けた全員が勧めに従った。

問題は、トロイチンが不足しそうなことだった。ファンロンから提供があったのは五十人分だが、一人分とされる量を一度投与しただけでは、ウイルスが体内から完全に消失しないと分かってきたのだ。一度の投与で、ウイルスの爆発的な増殖とそれに伴う重篤な発作の進行は食い止められる。しかし、ウイルスの一部が生き残り、再発のリスクが消えないのだ。

治療班の医師の間では、感染が判明した段階から予防的に投与して、発作を起こす前にウイルスを駆除するべきだという意見も多かった。ただそれを実行に移すには、より多くの薬が必要になる。

この問題もその日の深夜に、ほぼ解決した。厚労省と友永がテレビ電話を通じてワンCEOと交渉し、より多くのトロイチンを作ってもらえることになったのだ。

トロイチンは、無菌環境に置かれた培養装置で作る。当初は現在稼働していない小規模施設を使う予定だったのだが、同社の主力製品である抗がん剤の生産を一時停止し、そこでトロイチンを生産してくれるという。ワンCEOの決断により、二週間後には五百人分のトロイチンが確保できる見通しとなった。

夏未はその日の深夜、東都大学の研究室に戻ってきた友永から経緯を聞いた。話が一段落すると、友永は部屋の隅にある冷蔵庫からビールを二本取り出し、一本を夏未に差し出した。

「治療班の班長のドクターには、電話で結果を知らせた。後は彼の領分だ。今日ぐらいは、飲んでもいいだろう。久しぶりにぐっすり眠りたい」

友永は充実した表情で「乾杯」と言って缶を軽く上げ、喉を鳴らしてビールを飲んだ。夏未も缶を開けた。久しぶりに口にするアルコールは、薬のような味がした。睡眠不足のせいか、いつもより回りが早いようでもある。

「さっき話したことは、明日の朝、厚労大臣が閣議後会見で発表する。その前にお前から調査チームのメンバーにメールで報告してくれ。明日役所からペーパーが出るから、簡単なもので構わない」

昨日は、メンバーへの報告よりニュースが先になってしまった。それで、うるさ型のメンバーに激怒されたそうだ。

「アリバイ作りのようなものだな。それにしても助かった。正直なところ、ワンさんがあそこまで言ってくれるとは思ってなかった。主力製品の生産を一時停止するなんてリスクの高いことは、生半可な覚悟じゃできないからな。まったく、肚《はら》の据わった人物だよ。社内に対しても、株主に対しても、圧倒的な力を持っているんだろう」

「夕方、ネットでチェックしたら、ファンロン・ファーマの株価がストップ高になってましたよ。明日はさらにすごいことになるかもしれないですね」

友永は濃い眉をわずかに寄せた。

「メリットがあるから、協力してるだけだと言いたいのか？　手厳しいな。もしそうだとしても、ワンさんに感謝すべきだ。トロイチンがなければ、感染者を隔離して看取るぐらいしか、我々にできることはなかったんだから」

それはそうなのだが、遠山の言葉が引っかかっていた。そして、夏未も次第に違和感を覚え始めていた。

――何もかもがうまくいきすぎてはいないだろうか。

肝心の遠山から連絡はなかった。夏未から電話をかけてみたが、留守番電話になったので、そのまま切った。

遠山からの忠告を伝えるべきか迷っていると、友永が話題を変えた。

「そういえば、お前の知り合いは、大丈夫だったのか？　血液検査を受けた人が何人かいたよな」

「ええ。幸い、全員陰性でした」

「一安心だな。じゃあ、明日もよろしく頼む」

いつの間にか友永はビールを飲み切っていた。

まだ半分ほど残っているビールを持ったまま、友永に一礼して研究室を出た。

翌朝、遠山から連絡が入った。ウィークリーマンションの部屋を出る直前だった。

「連絡が遅くなって、申し訳ありません。友永先生に話を聞いていただく前に、情報を整理したほうがいいと思ったので」

遠山の声は、一昨日とは違って落ち着いていた。決意のようなものすら感じる。

「ちょっと待ってください。メモを取りますので」

バッグから手帳を引っ張り出していると、待ちきれないように遠山は言った。

「調査チームが発表した感染経路は間違っていると思います」

「えっ」

手帳が、床に滑り落ちた。なんとか拾い上げ、デスクに広げてペンを握る。

「シャンヤオカイが感染源ではない、という意味ですか？」

「話がやや複雑ですし、確証があるとまではまだ言えません。ただ、立島研究員について調べたら、不可解なことが出てきたんです。ともかく、お目にかかって話をさせてください。お見せしたいものもありますし」

立島の名前がここで出てくるとは思わなかった。そして、直感した。遠山は何か重大な情報をつかんだのだ。

「分かりました。友永も一緒にということでしたら……」

手帳のページを繰ってスケジュールを記したページを開く。今日も友永は分刻みの予定がびっしりだ。身体が空くのは夜の十時過ぎになる。どうしようかと迷っていると、遠山が提案してきた。

「移動時間があるなら、そこで話しましょう。僕の車で迎えに行きます」

なるほど、その手があったか。

「では、十二時半より少し前に、霞《かすみ》が関《せき》の合同庁舎五号館のエントランスまで来ていただけますか？　厚労省の入っているビルです」

関連省庁の担当者らとの会議の後、国立中央医療研究センターに向かう予定だった。移動時間として、四十分を見込んでいる。

「ありがとうございます。シルバーのワゴンで向かいます。余裕をみて、二十分前には着くようにします」

電話を切ると、手帳に改めて書きつけた。

——感染源に疑いあり。

ふいに保の顔が脳裏に浮かんだ。頭を振って、それを素早く消す。シャンヤオカイが感染源でなかったら、保はどんなに安堵するだろう。しかし、真実を見極めるのに、私情は邪魔にしかならない。

汗がこめかみを伝ってアスファルトに落ちた。

「もう一度電話してみろよ」

友永が言った。日差しがまぶしいのか、目を細めている。言われた通り、遠山の携帯にかけてみる。これで三度目だが、今度もつながらなかった。

時刻は十二時三十七分。電話を耳に当てながら周囲を見回したが、シルバーのワゴン
ンは、どこにも見当たらない。渋滞にでも巻き込まれたのだろうか。それとも、合同庁舎五号館の場所を間違えて、どこか別の場所で待っているのか。どちらにしても、電話に出ないのはおかしい。

至急連絡が欲しいとメッセージを残して電話を切ると、少し離れた場所で友永が右手を挙げて、タクシーを停めているところだった。

駆け寄ると、友永が振り返った。

「時間切れだ。ガセネタだったんだろう。あるいは、からかわれたか。感染源はシャンヤオカイのほかに考えられないよ。お前、そいつに何か恨みでも買ってるんじゃないか？」

「そういう人ではないと思うんですが」

「ともかく、俺は次があるから、もう行く。その男と連絡がついたら、お前が話を聞いておいてくれ」

これ以上、友永を引き留めるのは無理だった。走り去るタクシーを見送りながら、唇を噛む。

遠山はいったいどうしたのだろう。重大な情報を提供すると言っておきながら、現れないなんて……。事故にでも巻き込まれたのか、それとも他に何かあったのか。

ふいに、肩を叩かれた。振り返ると、ファンロン・ジャパンの月田社長が立っていた。友永と同じ会議に出ていたのだろう。

「あなたは確か、友永先生のところの……」

「あ、はい。及川です」

月田は柔和な表情を浮かべながら、頭を下げた。

「先日は、お世話になりました。おかげさまで、我が社の黒歴史が誇りへと変わりそうです」

耳の中で遠山の声がした。

——危険です。

月田の端整な顔が、血の通っていない人形のように見えてきた。

曖昧にうなずきながら、汗がやけに出るなと思った。ハンカチを出そうとしたとき、周囲の風景が大きく傾いた。眩暈《めまい》だ。夏未はアスファルトにしゃがみこんだ。


その日の夕方、友永は鼻歌を歌いながら、東都大学医学部に戻ってくると、治療班とのミーティングの首尾は上々だと言って、破顔した。

「検査で陽性だった全員が、入院に同意したそうだ」

日本で発生することを想定していなかった感染症なので、法整備が追いついておらず、感染者に入院を強制する法的根拠は現時点ではない。このため、入院を拒否しようと思えばできるのだが、そういう人が出なかったのは朗報だ。経過観察や治療が確実に行える。

「希望者には、今夜からトロイチンの予防投与も始まる。大部分が希望しそうな雰囲気だとさ」

発作を起こす前に、ウイルスの活動を抑え込む作戦だ。

「うまくいけば、今後の見通しが一気に明るくなりますね」

「いくさ。治療班のドクターによると、試験管レベルの実験では、効果があるようなんだ」

試験管内の実験結果が、そのまま臨床で通用するとは限らないが、期待は持てそうだ。

友永は冷蔵庫からペットボトルのお茶を出すと、立ったまま、喉を鳴らして飲んだ。ボトルを唇から離すのを見計らって、夏未は切り出した。

「六時まで、お時間、空いてますよね。三つ話があります」

「この後、急きょファンロンの月田社長が来ることになった。手短に頼む」

「分かりました。まずは朗報です。病原体特定班のドクターから、電話がありました。ウイルスの遺伝子を迅速に検出する手法を確立できたそうです。詳細なデータは今夜中に送ると言ってました」

被験者の血液を機械にかけると、およそ三十分で感染の有無を判定できるようになる。これまでは手作業に頼る部分も多く、検査に時間がかかっていた。それが一気に短縮される。感染が疑わしい人の白黒を素早くつけられれば、その後の治療や感染拡大の防止に大いに役立つ。

友永は片手でガッツポーズをした。

「よしっ。厚労省にも一報を入れておくか」

友永はデスクに着き、パソコンを立ち上げた。メールを打つつもりらしい。夏未は続けた。

「二つ目も病原体特定班からの報告です。中国から連絡が来たそうです」

中国の研究者に、鬼嵐に感染した人の血液を調べてもらったところ、日本で見つかったものと同じウイルスが分離できたという。これにより、夏未たちが相手にしている感染症が、鬼嵐だと証明された。

友永はパソコンの画面から顔を上げ、快活に笑った。

「これでやっと『鬼嵐とみられる感染症』なんていう、まどろっこしい言い方をしなくて済む」

冗談っぽく言われても、夏未は笑えなかった。昼間に眩暈を覚えて以来、ずっと胸のあたりが苦しい。

「三つ目は、私からの相談です。昼間の件なんですが……」

一転して、不愉快そうな表情が友永の顔に浮かんだ。

「すっぽかし野郎から、謝罪の電話でも来たか?」

「いいえ。まだ連絡が取れていません」

友永はメールを打ち始めた。

「だったら、もう構うな。感染源が間違っているなんて、あり得ない」

「でも、気になるんです。今朝も言ったように、遠山さんはファンロン・ジャパンの人で、立島研究員について情報を持っているようでした。それだけじゃありません。ファンロンを警戒するようにとも言っていました。あの会社には、何か思惑があるのかもしれない……」

友永は手を止め、呆れたようにため息をついた。

「思惑ぐらいあるだろ。ワンさんは経営者だから当然収益を考える。実際、株価はうなぎのぼりだ。月田さんは、それに加えて、黒歴史の清算をしたいんだろう」

その二つだけであれば、友永の言う通り、目くじらを立てるような話ではない。しかし、もしそうなら遠山は警戒しろとまでは言わないはずだ。

そう指摘しようとしたが、友永は夏未を遮るようにしてうそぶいた。

「俺は、ファンロンには感謝しかないね。彼らの協力がなければ、今頃、どうなっていたことか。それに、彼らは鬼嵐の制圧に本気で取り組むつもりだ。実はさっき車の中で月田さんから電話をもらった。騒ぎが一段落したら、俺に腰を据えて鬼嵐の研究をしてほしいそうだ。研究資金を提供してくれる。いくらだと思う？」

「さあ……」

「驚くなよ。毎年五千万を四年間。総額二億だ。本気でなければ、そこまで出さないだろう。こうなったら、俺も本気でこの分野で世界の第一人者を目指そうと思う。それだけの金があれば、人を雇える。機械も買える。たかが私大の准教授だと言って俺を見下してきた国立大や国立研究所の連中を見返してやる。なんなら、君を雇ってやってもいいぞ」

友永は得意げに鼻をうごめかせた。

私大出身で、私大で働いていることに友永がコンプレックスを感じているとは知らなかった。その若さで国の調査チームのトップを張っているのだから、周囲は一目置いているはずだと思うが、本人にしてみれば、現在の待遇も不満だったのだろう。

それはともかく、夏未にはいよいよファンロンが胡散臭《うさんくさ》く思えてきた。彼らは研究資金を餌に友永を取り込もうとしているのではないだろうか。

内心焦りを覚えながら言葉を探していると、友永は一人合点するようにうなずいた。

「その遠山とかいう男は、ワンさんや月田さんの足を引っ張るために、俺にガセネタを吹き込もうとしたんじゃないか？　我々にとって、彼らの英断は地獄に仏だったけど、社内ではスタンドプレーとみている人間もいるだろう。二人とも、権力を握っている分、ねたまれやすい立場でもある」

少し考えた後、首を横に振った。

「遠山さんが、社内の権力闘争とかそういうものに関心があるとは思えません。先生は、会ったことがないから、信じられないかもしれませんが……」

友永は薄笑いを浮かべた。

「会ったことがなくても、どういう人間かは分かる。信用できる人間なら、約束をすっぽかしたりしない。その後も梨のつぶてだなんて、言語道断だ」

そう決めつけると、夏未を追い払うように手を振った。

「各班から来たメールを何本か転送する。記者会見用に要点をまとめておいてくれ」

これ以上、この問題について話し合っても無駄のようだ。納得がいかない気持ちのまま、夏未は友永の部屋を後にした。

基礎研究棟を出ると、人目の届きそうにない建物の陰に移動して、ファンロン・ジャパンの北関東支社に電話をかけた。調査チームのメンバーではなく、及川クリニックの医師だと名乗り、担当の遠山と至急連絡を取りたいと伝える。

電話に出た女性は、申し訳なさそうに言った。

「あいにく今週いっぱい有給休暇をいただいているんです。私、広橋《ひろはし》がお話を伺ってもよろしいでしょうか。必要に応じて、別のMRにおつなぎいたします」

落ち着いた口ぶりからすると、それなりのベテランのようだ。

「遠山さんでなければ、分からない話なんです。呼び出して私に電話をするよう、伝えてもらえませんか？」

「それはちょっと……。休暇中ですので」

「今朝、彼のほうから私に電話がありましたよ」

「そうなんですか？」

「それで会う約束になっていたんです。なのに、待ち合わせ場所に来ないし、携帯にも連絡がつかないから、こうして頼んでいるんです。まさかとは思いますけど、事故か何かに巻き込まれたのかもしれないと、心配しています」

多少、端折《はしょ》ってはいるが、おおむね事実だ。心配だというのも、偽りのない気持ちだった。友永と違って、夏未は遠山を今のところ信じている。

「少々お待ちください。上司に相談してみます」

保留音が流れ始めた。メロディーは、「大きな古時計」だ。

幼い頃から、この歌が苦手だった。天国にのぼったおじいさん、つまり祖先の霊が古時計に宿り、自分たち現世の人間を監視しているというイメージが湧いてしまうのだ。建替前の自宅が純和風家屋で、長押《なげし》の上に和服姿で厳めしい表情をした祖父や曽祖父の写真が飾られていたからかもしれない。子どもなりに閉鎖的な土地柄に嫌悪感を抱いていた可能性もある。

メロディーが唐突に途切れた。

「お待たせいたしました。先生の携帯電話の番号を伺ってもよろしいでしょうか」

夏未は自分の番号を伝えた。

金曜日になっても、遠山から連絡はなかった。ファンロン・ジャパン北関東支社の広橋からは、その日の夕方に電話があったが、依然、連絡が取れていないという。ただし、遠山は有給休暇中なので携帯電話がつながらないような場所や、海外旅行に出かけている可能性もあるといい、このため、家族と連絡を取ったり、警察に届け出をするといったことまでは、していないという話だった。

「週明けには出勤してくると思います。そうしたら、すぐに連絡をさせます」

広橋は何度も謝って電話を切った。

翌日の午後、夏未は再び姫野へ向かう電車に乗り込んだ。新たな患者の発生は途絶えている。トロイチンを用いた予防的治療も、今のところうまくいっている。週末に大きな動きはなさそうだから、休みを取って構わないと友永に言われたのだ。

国立中央医療研究センターに出向き、治療班のドクターと会った。友永の依頼を受けているという形を装ったが、実際は自分が知りたいことを聞きに行った。先日、泉美代子が口にしていた発作の前兆についてである。

当時聞いたのは、「重い発作の前に、軽い症状が出る場合があるのかもしれない」というぼんやりとした話だった。その後、いくつか事例が積み重なっている。亡くなった人の家族らの聞き取り調査も進んだはずだ。もう少し確かなことが分かっている可能性があった。

班長ではなく、若手のドクターを捕まえ、立ち話ではあったが十分ほど話を聞けた。断言はできないが、「おそらく前兆はある」とそのドクターは言った。軽い胃腸炎、あるいは風邪と判別がつかない軽微なもので、感染直後に生じている模様だという。

それを聞いて、姫野へ戻ろうと思った。遠山は、「調査チームが発表した感染経路は間違っている」と言っていた。彼の言葉が事実だったとすると、何がどう間違っているのか。考えてみたところ、最初の感染者である永沼に思い当たったのだ。

永沼は、夏未が集めてきた状況証拠から、シャンヤオカイの試食会で肉を口にしたとして片付けられた。しかし、果たしてそれでよかったのか。

夏未のクリニックを受診したときの症状は、治療班のドクターの言っていたものと完全に一致している。あれが前兆なら、感染したのはその前であり、シャンヤオカイの試食会が開催される少なくとも二日以上前だ。

姫野駅に着いたのは、夕方近くだった。古びた車両から降り立ったのは、二十人ほどといったところか。

駅から自宅の方へと向かうバスには、夏未を含め八人が乗っていた。夏未のほかは老人と学生ばかりだが、不採算で毎年のように本数を減らされている路線にしては、なかなかの盛況ぶりである。最後に乗ってきた老婦人が、杖《つえ》を頼りに一人掛けのシートまでたどり着くと、バスは発車した。

　バス通りといっても、商店が立ち並ぶのは、わずか数百メートルである。その後しばらくは、両脇に住宅が並ぶ旧道風だが、それも長くは続かず、田畑が目に付くようになる。

　そこからは、延々と似たような色の似たような景色だ。時折、ガソリンスタンドやパチンコ店の看板がアクセントのように混ざるが、それすら色褪せており、周囲の景色に同化しつつあるように見える。たまに目を引く看板があると、外国人向けのものだった。

　運転席の左上にある運賃表示板の最後の金額が五百円を超えると、自宅兼クリニックの最寄り停留所は、もうすぐそこだった。

　いつの間にか、西の空がオレンジ色のグラデーションに染まっていた。連休の谷間に昭子と二人で、今と同じような夕焼けを眺めたのを思い出す。

　空の色や山容は、あの日とほとんど変わらないが、田んぼは変わった。遠目には猫草のように見えた苗はすっかり伸び、稲らしい姿になった。あと十日もすれば、田んぼの水を抜く田干しに入るはずだ。

　ここらあたりでは、毎年のように目にする風景だった。昭子がそれを見ることは二度とない。

そういえば彼女を思い出すことも少なくなってきた。昭子の死を無駄にしないために、頑張ろうと思ったことすら、忘れかけている。それほどいろいろなことが起きた。

この辺のバスは未だにICカードが使えないので、小銭をかき集めて料金を払い、バスを降りる。保健所に詰めている泉美代子を訪ねるつもりだった。駅から直接向かってもよかったのだが、移動には車が必要だった。

自宅の近くまで来ると、クリニックの灯りがちょうど消えたところだった。ほどなく玄関から父が姿を現す。白衣を羽織ったままだった。

「お役御免か?」

「ううん、一時帰宅。一段落したから、土日は休んでいいって言われたんだ。こっちで調べたいこともあるし。そういえば、ナースはどうしてるの?」

「募集はしてるんだが、決まってない。この年になって注射や採血を自分でやる羽目になるとは思わなかったよ。まあ、構わないけどな。あんなことがあって、患者もめっきり減ったし」

長年、かかりつけにしていた患者以外、寄り付かないのだろう。

「俺はともかく、お前は身の振り方を考えたほうがいいかもしれない。今の先生のところにこのまま残れないのか? 同じ病院に前の旦那がいるのは愉快ではないだろうけど、頻繁に顔を合わせるわけでもないだろ」

　先のことなど考える余裕はなかったが、いずれは考えなければならないのだろう。

そして、父に言われて初めて気づいた。いつの間にか、去年のゴタゴタを忘れかけている。少なくとも、元上司や元夫に対する激しい怒りは消えた。替わりに胸をうずまくのは、鬼嵐に対する怖《おそ》れと焦燥感だった。何かが妙だ。しかし、それが何か分からない。

「落ち着いたら、考えてみるよ」

「そうしろ。それはそうと腹が減ったな。どこかにメシでも食いに行くか？」

「悪いけど、荷物を置いたら出かけるから。車を取りに寄ったようなものなんだ」

　二階の自宅につながる外階段を上りかけたとき、父が背後から声をかけてきた。

「時間があったら、光石の家に顔を出してやれ」

　そういえば、保の問題があった。

「あれから彼の具合はどう？」

「良くはなってないが、悪くもなってない。必要なのは、時間薬だな」

「そうかもね」

　軽く受け流し、自宅の玄関を入ったが、夏未は父ほど楽観的には考えられなかった。

保は自分を加害者とみなし、責めている。自責の念はそう簡単には消えないのではないか。

近いうちに精神科の受診を勧めたほうがいいかもしれない。隣町に民間の経営だが、わりと評判のいい精神科、心療内科の病院がある。なんなら、父に紹介状を書かせようと思いながら、自室へ向かった。

泉美代子は保健所の会議室の定位置にいた。ただし、会議室のテーブルの上に積み上げられていた資料や食料品の類は、すっきりとなくなっており、替わりに段ボール箱が数箱、壁際に積み上げてあった。姫野町周辺の調査がほぼ終わったのだろう。

永沼の感染経路についての疑問と追加調査の必要性を指摘してみたが、取り付く島もなかった。

ウイルスが検出されている以上、シャンヤオカイが感染源なのは間違いがない。試食会の会場付近を通りかかったのなら、それを食べた可能性がある。逆に言えば、その他の感染理由がまったくないのに、改めて調査をする必要性を感じないというのだ。保たちが飼っていたのは、中国から輸入したシャンヤオカイではない。日本で人工授精して飼育したものだ。その点を訴えても、「人工授精に使った精液が汚染されていたのだろう」の一点張りだった。ならば、その証拠が必要だと言っても、保存されていた精液がすべて使用済みなので、調べようがないという。

決定的な新情報でもなければ、いったん上げた報告を撤回することは絶対にないと言われては、引き下がるほかなかった。

美代子にその気がなければ、自分で調べるしかない。まずは、保に話を聞こう。試食会の客に保の知った人がいたら、その人に永沼を見かけなかったか聞いて……。

しかし、それでは時間が足りそうもない。姫野にいられるのは明日一日だけだ。助手でもいればいいのだが……。

車に乗り込みながら、大樹のことを思い出した。

——俺は保さんとは違って、泣き寝入りはしませんよ。真犯人を引きずり出して、責任を取らせてやる。

そんなふうに息巻いていた。粗野なうえ、外国人に対して偏見を持っているのが不安だが、外出すらおぼつかない保と比べれば、よほど役に立つだろう。

電話をかけると、すぐに大樹は出た。

「これから、保の家に一緒に行かない？　調べたいことがあるから、大樹君にも協力してもらえないかなって」

「もしかして真犯人を探すんですか？」

大声で言われ、携帯電話を耳からやや離す。

「それが存在するかどうかを含めて、精査してみるってかんじかな」

「そういう話なら、全力で協力しますよ。なんでも言ってください。嫁も子どもも実家に行ったきりだし、仕事も決まんなくて、暇を持て余してるんです。そもそも、仮にシャンヤオカイが問題だったとしても、俺が人を殺したわけじゃない。殺そうと考えたこともない。なのに、人殺し扱いされるのは納得いかないんですよ。仕事を探そうにも、このへんじゃ俺が保さんとシャンヤオカイをやってたことが知れ渡ってるから門前払いだし、検査で陰性だったって言っても、汚いものを見るような目で見られるんだ。それって、おかしくないっすか？　差別ですよ、偏見ですよ」

強い口調で訴えられ、思わず一言、言いたくなった。

「大樹君が、危ないから隔離しろだの言ってつるし上げていた外国人たちも、同じ気持ちだったんじゃない？　彼らが感染源だという証拠は何一つなかったんだよ」

大樹は虚を突かれたように押し黙り、やがて「そうかもしれない」と言った。

「思い込みとか、偏見とかって、怖いもんですね。まあ、感染源でなくても、ろくでもない連中なのは確かだから、この町から排除すべきだっていう考えに、変わりはないけど」

結局、そこに行き着くのか。偏見というものはつくづく厄介だと思いながら電話を切った。

胡坐の膝を両手で叩くと、大樹は言った。

「要はその永沼ってジジイが、試食会で肉を食わなかったと証明すればいいわけですね」

「とりあえずはね。ただ、だからといって、シャンヤオカイが感染源ではないとは言えない。一頭からウイルスが検出されてるから」

大樹は首をひねった。

「シャンヤオカイだけが問題じゃないと証明するんですか？　それになんの意味があるのか分からないですよ」

「シャンヤオカイが発端ではなく、何か別のものから、シャンヤオカイに感染した可能性が出てくるわ。そうしたら、調査チームも動かざるを得ないと思う」

「別のものって？」

「それは分からない。小動物とか、虫とか、あるいは人間か……」

「なーんだ。やっぱり、外国人じゃないっすか」

「決めつけはしないで、フラットな目で調べてほしいの。そうしないと、永遠に真犯人なんか分からないよ」

同意を求めて保を見たが、保はベッドに腰掛け、うなだれたままだった。まるで魂が抜けてしまったようだ。大樹とは別の場所で話をしたほうが、保のためにはよかったのかもしれない。

大樹はパサついている髪を乱暴にかきあげた。

「俺には夏未さんのやり方が、まどろっこしく思えますね。作戦が二段構えになってる。しかも、後半は他人任せだ。そんなことやってたら、いつまで経っても真犯人なんて見つかりませんよ」

「じゃあ、どうしろって言うのよ」

大樹は整った顔を歪めた。

「そんなの簡単じゃないですか。ジジィんちを調べりゃいいんですよ。何か出てくるかもしれない。消毒とかは、したわけですよね。だったら、感染する危険はないだろうし」

夏未ははっと顔を上げたが少し考えた後、首を横に振った。

「家族に頼んでみてもいいけど、断られると思う。永沼さんの息子は、めんどくさい県議でね。まったく協力的じゃないのよ」

「だったら、勝手に入ればいい。誰も住んでないなら、チョロいですよ」

「ちょっと待って。それって、犯罪でしょ」

「理由あってのことだし、モノを盗《と》るわけじゃない。バレたら、逮捕ぐらいはあるかもしれないけど、起訴まではないでしょ。濡れ衣を晴らすためだから、俺的にも嫁的にも問題ないっす」

「問題なくはないでしょう。少なくとも、私は困る。一応、今は大学の客員研究員なんだから」

「だったら、俺が勝手にやりますんで、夏未さんは知らなかったことにするといい」

大樹はひょいと腰を上げた。

「決まりだ。駅の向こうのホームセンター、まだ開いてると思うんで、道具、仕入れときます」

彼が出て行った後、改めて保と向き合った。

「大丈夫かな、大樹君」

保はますますうなだれた。

「あいつ、自分や家族のことはもちろん、俺のことも心配してくれてるんだと思う。俺、ずっとこんな具合だから……」

「お見舞いに来てくれてるの?」

「うん。ほぼ毎日。おかげで、親父とお袋が助かってる。二人とも、俺をどうしていいか分からないみたいで、あいつを頼りにしててな」

大樹には、そういうところもあるのだ。

「ともかく、保は身体を治すのを一番に考えるといいね。ゆっくり眠ること。専門の医療機関に行ってみるのもいいかもしれない。うちの父は、ただの内科医だから、できることは限られてる」

「大樹にもそう言われた。お袋が精神科なんて怖いと言って難色を示したんだけど、あいつは今はそういう時代じゃない、誰でも心を病む可能性がある。夏未の親父さんに頼めば、いい先生に紹介状を書いてくれるだろうから頼んでみろって」

大樹とは不思議な男だ。外国人に偏見を持ち、陰謀論を信じ込んでいる一方で、場合によっては冷静で正しい判断をする。勝手に家探しをするという突飛な行動が、吉と出ればいいのだがと思いながら、夏未は光石家を後にした。

枕元の電話が鳴ったのは、深夜零時を回ってからだ。

まだ眠ってはいなかったので、はね起きて電話を取る。かけてきたのは、友永だった。

「新たな犠牲者がそっち方面で出た。遺体の状況からみて、鬼嵐でほぼ確実だそうだ」

現場は、姫野町ではなく、三十キロほど離れた県庁所在地だという。

「遺体は東京に搬送して解剖に回す。ただ、感染ルートの調査がな。泉さんは、そのあたりで新たな感染者はもう出ないとみて、今夜、東京に撤収したばかりなんだ。あの人には、介護が必要なお母さんもいる。無理を言って、ずっとそっちに詰めてもらっていたのに、とんぼ返りで戻すのは申し訳ないから、代わりに行ってもらいたい」

「それは構いませんが……。感染経路の見当がつきません。あれだけテレビで騒いだから、肉を食べていたら申告したはずですよね」

「俺も分からん。それも含めて調べるんだ。追って泉さんから電話が入るからよろしく」

電話はそれで切れた。

すぐに再び電話が鳴った。泉美代子からだ。

「悪いわね。本来なら、私が行くべきなんだけど、母の具合がよくなくてね。他の人ならともかく、及川さんなら信頼できるから、もし可能であれば、私の代わりに行っていただけないかなって」

夕方のそっけない対応を気にしているのか、かなりの低姿勢だった。

「まったく問題ありません。行きます。それで、私はどうすればいいでしょう」

バッグから手帳を取り出しながら尋ねる。

「朝一番で犠牲者の自宅マンションに行って、冷蔵庫なんかを調べてほしいの。肉が残っているとは思えないけど、念のためにね。あとは、ここ十日ほどの行動確認をお願い。一人暮らしの会社員で、しかもこの一週間は有休を取っていたようだから、難しいかもしれないけど。ちなみに、第一発見者は同僚みたい」

有休という言葉に嫌な予感を覚えた。

「あの、その人の勤務先は?」

「まだ情報が入ってきてない。明日、自宅マンションに現地の保健所の人も行くから、その人から聞いて」

「名前は? 名前は分かってますか?」

「ちょっと待って……」

紙をめくるような音が聞こえた。

「遠山元さん。元と書いて、はじめと読むみたい」

心臓が止まる気がした。

同姓同名の別人物という可能性はある。しかし、ファンロン・ジャパンの北関東支社は、県庁所在地にあるはずだ。

「ちなみに、年齢は三十八歳。まだ若いのに、気の毒だったわね」

夏未は目を閉じた。名前、居住地、推定年齢がすべて一致するのなら、別人である可能性は限りなく低い。

それにしても、なぜ遠山が……。

背筋から冷たいものが這い上がってくる。

ファンロンを警戒しろと忠告してくれた本人が、命を落とした。これは、偶然なのか。

「本当に悪いわね。この埋め合わせはいつかきっと……」

美代子の声は耳からこぼれて消えた。

県庁所在地に来るのは、高校二年の夏休み以来だった。仲良しの同級生女子三人で、ファッションビルや地元資本の百貨店を冷やかし、ローカル放送で話題になっていたカフェでパンナコッタを食べた。イチゴソースの酸味と甘みのバランスが絶妙だったのを覚えている。今、目の前に広がっている光景を見ると、そこまでのものだったのかどうか、はなはだ心もとない。そもそもパンナコッタのブーム自体、その何年も前だった。

駅前のロータリーに停車しているバスの行き先表示は、LEDではなく回転式の方向幕だ。駅の正面にあるビルは、最近建ったもののようだが、ずらりと並ぶ看板は全国チェーンの店のものばかりだった。

時代に取り残されたものと、ありきたりのもの。どちらか一方なら、たいして気にならないのだが、両者が組み合わさると、とたんに冴えない印象になる。

これから訪問するファンロン・ジャパンの北関東支社は、駅から県庁へと続く大通り沿いのオフィスビルの五階にある。昨夜、泉美代子から、朝一番で遠山の部屋へ行くようにと言われたが、今朝早くに保健所の担当者から連絡が入った。部屋の消毒が終わっていないので、まずは遠山の上司だった人間の聞き取りをしてほしいという。

彼のほか、県の感染症情報センターの担当者が同行するという。

駅から支社までの所要時間は、バスで五分、徒歩だと十七分。アポイントの時間まで余裕があるので、歩いて向かうことにする。

街路樹の青々とした葉が、初夏の日差しを受けて輝いていた。昨日と比べて気温はずいぶん高くなったようだ。夏未の少し前をベビーカーを押した若夫婦が歩いていた。小柄な妻が探検隊員風の帽子を傾けながら、重そうなレジ袋をぶら下げた夫に話しかけている。

初夏の休日らしい光景だが、その中に身を置いている現実感がなかった。映画の一シーンでも見ているようなのだ。足元も、なんだかふわふわとしている。

汗を押さえるハンカチを出そうと、歩道の端に寄って立ち止まったとたん、胸に圧迫されるような痛みが走った。このところ度々見舞われている症状だ。心因性とはいえ、痛みはリアルだ。ガードレールに腰を預けて深い呼吸を繰り返し、痛みが和らぐのを待つ。

遠山と会ったのは一度きりだ。彼に対して特別な思いもない。にもかかわらず、昭子の死を知ったとき以上に動揺しているのは、彼の死があまりにも不自然だからだろう。

昨夜、泉美代子との電話を切った後、友永に連絡を取り、問題の犠牲者が遠山だったと告げた。その際、自分の不審な思いも伝えた。友永はさすがに驚いていたが、あり得ない話でもないだろうと言った。遠山は姫野町周辺を営業で回っていた。鬼嵐に感染する機会は、例えば首都圏の人と比べて高いというのだ。

　理屈から考えれば、友永の言う通りだ。しかし、特効薬の製造会社の人間が感染死するなんて、偶然が過ぎると思う。さらに言えば、遠山は自社に疑惑の目を向けていた。考えれば考えるほど、彼の死は不自然だ。その思いを友永と共有できなかったことが、動揺に拍車をかけている。

　携帯電話に着信音があった。今日一日行動を共にする県の感染症情報センターの担当者からメッセージが入っていた。すでに現地に到着し、ビルの前で待っているという。

　時計を確認すると、約束の時間が迫っていた。この後の予定はびっしりだ。支社で遠山の上司に聞き取り調査をした後は、遠山の自宅マンションへ向かう手筈《てはず》になっている。

　胸痛が治まる気配はなかったものの、夏未は再び歩き出した。

　二人掛けの小さなダイニングテーブルに並べられた冷蔵庫の中身はわずかだった。野菜ジュース、キムチ、納豆、冷凍餃子《ギョーザ》、冷凍うどん。

　冷蔵庫から出してそのまま、あるいはレンジで温めれば食べられるものばかりだが、健康に気を使っている様子が垣間見《かいまみ》えなくもない内容だった。

「例の肉どころか、疑わしいものすら、見事にありませんな。加工食品ばかりだ」

一つ一つをチェックすると、葛葉《くずは》は言った。

県の感染症情報センターから派遣された六十がらみの痩せた男だ。マスクをつけているので表情はうかがえないが、口元には人を食ったような笑みが浮かんでいそうな気がした。

「ゴミ箱のほうは、どうでした？」

紙やビニールくずを床に広げていた保健所の若い男性職員が首を横に振る。

「こちらも何も」

さっき、夏未が調べた財布の中のレシートも同様だった。もともと期待はしていなかったが、遠山がシャンヤオカイを食べた形跡は、まったく見つからない。

葛葉は手袋をつけた手で納豆のパックを取り上げ、匂いを確かめるように顔に近づけた。

「だいぶ傷んでるな。捨てとくか」

夏未は首を横に振った。

遠山の両親は、現在、解剖が行われている都内の病院にいるそうだ。彼らがいつこの部屋に立ち入りを許可されるのかは分からないが、たとえ納豆一パックであっても、遺族にとっては遺品だ。勝手に手をつけない方がいい。

「じゃあ、まあ、そういうことで」

葛葉は肩をすくめ、食品を冷蔵庫に戻し始めた。ノートをつけていた保健所の担当者は、携帯に着信があったようだと言って、部屋から出て行った。手持無沙汰になった夏未は、寝室につながる扉に目をやった。遠山が息絶えたまさにその現場だ。

上司によると、土曜の午後、週明けの業務の段取りを確認する必要があり、遠山に何度も連絡をした。まったく反応がないのを不審に思い、都内にある実家に電話を入れたところ、母親は驚いたという。遠山は前週の金曜の夜、有休を取ったと言って実家に来たが、火曜の朝に家を出たきり戻っていないというのだ。その日の午後、母親のもとに「用事ができたので帰る」とメールがあったため、母親は何の心配もしていなかったそうだ。

上司は母親に自宅を見てきてほしいと依頼され、マンションの管理会社と連絡を取った。部屋は、ファンロン・ジャパンが社宅代わりに借り上げているものなので、話はスムーズに進み、鍵を開けてもらった。管理会社の人間と一緒に上司が部屋に足を踏み入れたところ、待っていたのは、変わり果てた姿の本人だったというわけだ。

背後で冷蔵庫が閉まる音がした。

「そろそろ我々も出ますか。長居したい場所じゃない」

葛葉の言葉に夏未はうなずいた。死後それほど時間が経っていなかったせいか、死臭は残っていなかったが、消毒薬の臭いがきつかった。

玄関先で手袋とマスクをはずし、保健所の職員が用意してきた専用のごみ袋に入れると部屋を出た。葛葉は、新鮮な空気を吸い込むように鼻を鳴らした。

マンションの駐車場に停めてあった保健所のワゴン車の後部座席に乗り込むと、葛葉は言った。

「感染経路の特定は難航するかもしれないですな」

「ですよねえ」

運転席の保健所職員がうなずく。夏未もまったく同じ意見だ。

肉を食べた、あるいは感染者と接触した証拠が見つからないと、感染経路の特定はとたんに難しくなる。

しかし、そもそも遠山はシャンヤオカイを食べていたのだろうか？　食べていれば、必ず検査を受けたはずだ。夏未に黙っているはずもない。だから、そっちの線は除外していいだろう。問題は、感染した疑いのある期間に何をしていたかだ。

正確な死亡時刻は、解剖の結果を待たなければ分からないが、昨日の時点で死後一日かそこらだろう。その前の数日から十日程度の間の行動を精査する必要がある。

営業所で見せてもらった勤務記録によると、遠山は有休を取得する前週に、姫野町やその周辺の医療機関を回っていた。そのどこかで、感染者に接触する機会があったのか。あるいは、東京に出た金曜以降に感染したのか。真相にたどり着くためには、彼の足跡を丹念にたどるほかない。

「そういえば、最初に会った会社の人、犠牲者の勤務先を公表するのか、ひどく気にしていましたね。どうなるんですか？」

保健所の職員が尋ねた。

「個人情報ですから、非公表に決まってます。表に出すのは、慣例通り、年代と居住地だけです」

葛葉が息を吸い込みながら笑った。いわゆる引き笑いというやつだ。

「週刊誌の記者の耳にでも入ったら、面白おかしい記事を書くかもしれませんな。特効薬でボロ儲けしている会社の社員が犠牲になっていたというのは、なんとも皮肉な話だ」

「しようがないんじゃないですか？　ウイルスは犠牲者を選びませんから。勤務地が姫野周辺だったわけだし、意外でもなんでもないと思うんですけどね」

バックミラー越しに同意を求めてきたが、夏未は首を振った。

「それより、遠山さんのご両親の聞き取りはどうだったんでしょう。何か連絡は入っていますか？」

運転席に声をかけると、両親への本格的な聞き取りは、当分できないだろうと言った。

「二人とも取り乱していて、解剖すら断固拒否だったそうで」

遺体から鬼嵐のウィルスが検出され、死因は特定できたのだから、解剖は止《や》めてくれと泣きながら訴えたそうだ。

「なんとかなだめすかして、解剖の承諾は得られたものの、じっくりと話は聞けず、立ち話程度で終わってしまったようです」

それでも、遠山が金曜の夜に実家に戻り、土、日、月と車でどこかへ出かけたことまではわかったという。

「行き先については、何も聞いていないし、心当たりもないそうです。体調のほうも、変わりはなかったそうです」

これ以上の情報は今のところ望めないだろうと夏未は落胆した。

葛葉が職員にこの後の予定を尋ねる。

「保健所に戻って簡単にミーティングをした後、お二人を駅まで送ります」

「それなら、時間があるな。駅の近くで、早目の夕食を食べられるうまい店を教えてもらえるとありがたいですな。及川先生も一緒にどうですか？」

「いえ、私は遠慮しておきます」

葛葉は喉を鳴らして笑った。

「これは失礼。しょぼくれた親爺《おやじ》と二人で食事なんてできないですよね」

引き笑いをする人は、陽気な人が多い印象だったが、嫌なタイプもいるのだなと思いながら、夏未は窓の外に目をやった。


駅前で二人と別れると、夏未はバス停へ向かった。県庁行きのバスに乗り、ファンロン・ジャパンの支社の入っているビルに引き返す。

時間外出入り口のインターフォンで連絡を取ったところ、遠山の上司はすでに退社していた。それでも何とか遠山の行動確認を再度させてほしいと頼んでみたが、対応できないの一点張りだった。

最初の訪問の際は葛葉たちの目が気になって、遠山が自社に不審を抱いている様子だったことについて、探りを入れられなかった。上司と二人だけの場でと思ったのだが、それも無駄足だったようだ。

停留所に戻り、バスを待っていると、背後から声をかけられた。

「及川先生ですよね？」

金属フレームの眼鏡をかけた小柄な中年女性が立っていた。中途半端な長さの黒髪が野暮ったく、季節感を無視した濃いグレーのワンピースと黒いストッキングが暑苦しいが、遠山への弔意を示す装いなのかもしれない。

女性は軽く頭を下げると、広橋笑子《えみこ》と名乗った。

「以前、お電話で遠山について問い合わせをいただきました」

「あっ、その節はどうも……」

お悔やみの言葉を改めて述べようとしたが、広橋は人目を気にするように周囲を見回した。挨拶をしたかったわけではなく、話があるのだと察しがついた。

「私のほうは、時間はありますよ」

広橋が緊張した様子でうなずく。

「ここでは目立ちます。駅の裏にビジネスホテルがあるので、その前で待っていてもらえませんか？　車なので、そこで先生を拾います」

「分かりました」

広橋は一瞬、訴えかけるような目つきになったが、すぐに無表情に戻り、遠方からの来客を見送るように深々と腰を折った。

白い軽自動車の助手席に乗り込むと、広橋はすぐに車を発進させた。タイヤがキュッと鳴った。見かけによらず、運転が荒い人のようだ。

「車を走らせながらでいいですか？　そのほうが人目に付きにくいと思うので」

「私は構いませんけど、広橋さんは？」

「運転なら慣れてますから」

広橋は自己紹介を始めた。

「私、以前は東京本社でMRをしていました。遠山とは、その頃からの付き合いなんです」

意外すぎたので、考える前に口を開いていた。

「あの方とお付き合いされていたんですか？」

広橋のほうが、十歳は年上に見えるし、こう言ってはなんだが、彼女はどこにでもいそうな地味な中年女性だ。一方、遠山は物腰がソフトで、いかにも今どきの若い女性にモテそうだった。人の好みはそれぞれだし、男女逆転の年の差カップルは珍しくないのかもしれないが、あまりにも意外な組み合わせだった。

広橋は、やや険しい表情になった。

「恋愛関係という意味ではありません。私、彼が新人だった頃の指導役だったんです。手取り足取り一から仕事を教えました。年の離れた弟みたいな存在だったんです」

なるほど、それでは遠山の死に納得できないのも無理はない。

「今回のことは、さぞかしご無念でしょうね」

「亡くなったなんて、まだ信じられません。今にも事務所のドアから、ただいま戻りましたと言って、帰ってきそうで……。それ以上に、腑に落ちないんです。遠山は仕事柄、姫野町の医療機関に出入りしていました。でも、鬼嵐ってそう簡単には感染はしないのではないですか？　遠山がシャンヤオカイの肉を食べたとも思えません。口にした可能性がわずかでもあれば、必ず申し出ていたはずです。社内では、会社が特効薬特需で盛り上がっているときに、問題の肉を食べたとは言えなかったんじゃないかって話も出ていますが、あり得ません、命に係わることですから」

疑念を共有できる相手がようやく現れた。しかし、広橋はファンロンの人間だ、味方とは限らない。

言葉を濁していると、広橋は夏未をちらっと見た。

「今日は国の調査チームのメンバーとしていらしたんでしょうが、先生は姫野町の及川クリニックのドクターですよね？　先週、遠山に連絡を取りたがっていた」

隠しても無駄だと思い、そうだと認める。

赤信号で車が停まった。ハンドブレーキを引くと、広橋は上半身を回して、夏未を見た。

「遠山と連絡を取ろうとしていたのは、鬼嵐、あるいはトロイチンについて、話があったからではないですか？」

どう答えたものか迷っていると、広橋の目に怒りがよぎった。

「はっきり答えてください。社内の人たちは、遠山の感染死は、不幸な偶然に過ぎないと言っています。でも、私にはそうは思えないんです。鬼嵐がらみで二人もおかしな亡くなり方をするなんて、異常ですから」

二人、とはどういうことだ？　困惑していると、広橋は立島一弘の名を挙げた。

「でも、立島さんは、退職後に出かけた旅先で、交通事故に遭ったと聞いていますが」

確かにショッキングな亡くなり方ではあったが、異常とまでは言えないのではないか。

信号が青に変わった。広橋は、気を取り直すようにハンドルを握った。

「それはそうなんですが、やはり腑に落ちなくて。奥さんの量子《りょうこ》さんは、私の同期なんですが……」

立島の葬儀に行き、量子から話を聞いて違和感を覚えたのだという。

「立島さんは、昨年あたりから海外出張に頻繁に出かけるようになったそうです。大きな仕事を任されたようだと、量子さんは言っていました」

ところが、立島は今年の春先に妻に一言の相談もなく、会社を辞めてしまった。その直後に、一人で出かけた中国で交通事故に巻き込まれ、遺体となって帰国したという。

夏未は衝撃を受けた。

「ちょっと待ってください。立島さんは、中国で亡くなったんですか？」

国内のどこかだと勝手に思い込んでいた。まさかとは思うが、彼の中国行きは鬼嵐と何か関係があるのか。

「詳しい場所までは分かりませんが、中国で亡くなったのは確かです。それより、私の質問に答えてください。先生は、なぜ遠山と連絡を取ろうとしていたんですか？」

強い口調で詰め寄られ、心が揺れた。広橋にすべてを打ち明け、協力を求めるべきか。それとも、知らぬ存ぜぬを通すべきなのか。

迷っていると、広橋は薄く笑った。

「私がファンロンの人間だから、警戒しているんですね。心配は無用です。愛社精神なんて、さらさらありませんから。私、仕事はそこそこできたつもりですが、ファンロンに買収されて以来、ずっと地方支社の内勤です。ワンCEOの方針で、女性MRは原則的に三十五歳までとなったんです。女は媚《こび》でもなんでも売って、他社のシェアを奪ってこいっていうんですね」

「……信じられません。今の時代に、しかも外資でそんなことってあるんですか？」

「なんでもありなんですよ。世間の常識とか、ポリティカルコレクトネスとか、そういうものとは別次元で動いている。それがファンロンという会社です。そろそろ辞めなきゃと思っていたところで、今回の件がありました」

広橋はそう言うと、声を潜めた。

「遠山は、しばらく前に立島さんの記事が掲載されている社内報を探していたそうです。鬼嵐にまつわる何かを探っていたのではないですか？　先生と連絡を取り合っていたのもそのためでは？　そして彼は何か重要な情報をつかんだ。それが上層部に知られ……、命を奪われた可能性はないでしょうか」

荒唐無稽な想像だと笑い飛ばせなかった。それどころか思わず眉根を寄せてしまう。自分の本心をさらしたも同然だった。夏未は覚悟を決めた。広橋を信じる。信じるほかない。

「実は火曜日に、遠山さんと会う約束をしていたのは、鬼嵐調査チームのトップである友永先生に引き合わせるためでした。なのに遠山さんは現れませんでした。会いたがったのは、彼のほうなのに……」

広橋はその先は待ってほしいと言うと、コンビニエンスストアの駐車場に車を乗り入れた。落ち着いて話を聞きたいらしい。

街の中心部から、十分ほど走っただけなのに、辺りには田んぼが広がっていた。遠くに見える稜線の形は違うが、夕焼けの色は姫野とよく似ている。

広橋は車を降り、ペットボトルのお茶を二本買ってくると、一本を夏未に渡し、話の続きを促した。

「遠山さんの死因は、鬼嵐による発作です。ウイルスが検出されたので、間違いありません」

広橋がうなずくのを確認して、先を続けた。

「ただし、火曜日に姿を現さなかったのは、鬼嵐が発病したせいではありません。感染者は、突然発作に襲われ、そのまま亡くなりますから」

火曜の朝、遠山が実家にいたのは母親の証言があるから確実だ。そして、遺体が発見されたのは、この街だ。

広橋は思案するように頰を手で押さえた。

「遠山が火曜の時点で感染していたのか、その後感染したのかは分からない。いずれにしても、約束の場所に現れなかったのには、別の理由がある。そうおっしゃりたいのですか?」

「ええ。その理由というのが……。率直に言ってしまうと、ファンロンの関係者による妨害ではないかと私は疑っています。遠山さんは、ファンロンを警戒したほうがいいと言っていました。何か重要なことを伝えたがってもいました」

広橋は歯嚙みすると言った。

「もしそうなら遠山は鬼嵐に感染したのではなくて、感染させられたのでしょう。口封じのために、病死に見せかけて殺されたんです」

眼鏡の奥の目が怒りで燃えている。夏未は少し考えた後、首を横に振った。

「それは現実的には難しいでしょう」

そのうち死ねばいいという条件ならば、うまい方法だと思う。このタイミングで鬼嵐に感染して亡くなった人が実は殺されたただなんて、誰も思いはしないだろう。

しかし、口封じが目的となると話は別だった。ウイルスには潜伏期間というものがある。感染しても、発作を起こすまでの間は普通に動き回れるのでは、口封じにならない。

「ウイルスの入手も難しいと思うんです。病院に忍び込んで、感染者の体液を持ち出すのは無理だろうし、調査チームが保有しているサンプルも、厳重管理されています」

「ウチはトクイ時代に鬼嵐を研究してましたよね。その当時からのウイルスが冷凍保管してあったのかもしれない」

「それはあり得るかもしれませんが……」

「あるいは、調査チームの誰かが、ファンロンにウイルスを渡したとか」

「いくらなんでも、それはないですよ」

口では否定したが、ふと友永の顔が脳裏をよぎった。

彼には、調子のいいところがある。鷹揚な態度を取りたがるところも。もちろん殺人に手を貸すはずはないが、月田社長に嘘の理由、例えば研究に必要だとか言われたら、ウイルスのサンプルを渡してしまいそうな気もする。彼は、ファンロンに恩義を感じている。しかも、巨額の研究資金を援助してもらうことが決まっているのだ。

夏未は、首を振って自分の想像を追い払った。

まさか、友永に限ってそんなことはしないはずだ。

「あれこれ想像してもしかたありませんね。ともかく、調べてみます。立島量子さんを紹介してもらえないでしょうか。話を聞いてみたいです」

広橋がうなずいた。

「分かりました。でも、大丈夫でしょうか。及川先生の身に危険が及ぶようなことがあったら……」

「十分に注意します」

夏未はペットボトルの蓋を閉め、ホルダーに置いた。

姫野駅に到着すると、待合所に大樹の姿があった。長い脚を投げ出すようにベンチに座っている。夏未の姿を見つけると、前髪をかきあげながら、のっそり立ち上がった。

電車の中で、至急会いたいというメールが来たので、姫野駅に七時ごろ到着するから、その後、双方の自宅の中間地点にあるファミリーレストランで落ち合おうと返信したのだが、気を利かせて迎えに来てくれたらしい。

気持ちはありがたいが、あいにく今日は日帰りなので、実家の車を駅前の駐車場に停めてある。そう言うと、大樹はその場でポケットから平べったい小さな瓶を取り出した。オレンジ色のシールが張ってある。

「何？」

「さっきジジィんちの引き出しで見つけました。これで中国とジジィがつながりましたよ」

勢い込んで言われ、眉をひそめた。

「ちょっと待って。あの家に本当に入ったの？」

空き家とはいえ、白昼堂々と侵入するなんて、大胆にもほどがある。大樹は得意げに鼻の下をこすった。

「俺なりに慎重に考えた結果、昼のほうがいいと思ったんすよ。夜、電気がついてたら目立つじゃないですか。下手をしたら、近所の連中に通報されちまう。それより、日の高いうちに、工事の人の恰好《かっこう》をして入ったほうが、怪しまれずに済むかなと。見つかったとしても、ウチの実家、電器店だから、ごまかしようもあるだろうし」

人差し指を唇に当て、声が高いと警告する。大樹は軽く舌を出したが、笑顔で続けた。

「ともかく、俺が苦労して探し当てたお宝を見てやってくださいよ」

夏未は小瓶を手に取った。ラベルの表記は中国語だ。金属製の蓋を回して開けると、蠟《ろう》のようなものが詰まっていた。薬のような匂いがする。表記の文字と、その匂いから想像するに、膏薬《こうやく》の類らしい。

「ネットで調べたら、中国の南のほうの僻地《へきち》で売ってる薬で、腰痛や肩こりに絶大な効果があるんだって。日本円にすると、二十円とか三十円とかで買えるから、土産に大人気みたいなんだ。まあ、売ってる場所にたどり着くのに時間と金がかかるから、安いとも言えませんけど」

もう一度匂いを嗅ぐ。効きそうな匂いではあるが、塗って外出する気にはなれない。

「これが、中国との接点と言われてもちょっとね……」

大樹は不満そうに唇を尖らせた。

「ジジイに、土産を持ってくるような中国人の知り合いがいたっていう証拠です。姫野に住んでる中国人を片っ端から調べてください。奴らの中に、感染しても発病しない人間が、潜んでるはずですよ。そいつが真犯人だ」

夏未は首を横に振った。

「あの人は、外国人が嫌いだったのよ。中国の人がやっているラーメン屋をひいきにしているとは言ってたけど、親しくしてた中国人の知り合いなんていないと思う。日本で買ったんじゃない？　ネットとか、個人輸入とかいろいろあるでしょ」

「ネットオークションには出てました。でも、ジジイにネットは無理でしょ。誰かに頼んで買ってもらったとも思えないな。だって、最安値でも八万円ぐらいするんですよ。そんな高価なものを手に入れたら、未使用どころか、袋に入れたまま引き出しの中に放り込んだりはしないでしょ」

思わず小瓶を凝視した。こんな怪しげな膏薬が八万円もするのか。

そして、大樹の話を反芻《はんすう》した。確かに気にはなる。大樹の推理が当たっているとまでは思わないが、中国の南のほう、辺鄙《へんぴ》なところという言葉が引っかかる。

「分かった。じゃあ、この膏薬について調べてみて」

小瓶を大樹の手に戻しながら言う。

「調べるって、何を？」

「瓶に製造元の連絡先が書いてあるでしょ。そこに電話して、どこで販売されているのか聞いてほしいの」

それが分かったら、その周辺で鬼嵐が発生してるかどうか、調べられる。

「発生していたら、この瓶を持ち込んだ人が、鬼嵐も一緒に連れてきたという大樹君の仮説が、現実味を帯びてくる。そうしたら、その地域出身の人に話を聞いてみようという流れに持って行けるかもしれない」

「冗談じゃない。中国に電話なんて無理ですよ」

「近所に通訳をしてくれそうな人が大勢いるじゃない」

大樹の目が険しくなった。

「近所って……。連中に協力を求めるんすか？　勘弁してくださいよ。それより夏未さんの知り合いの医者か誰かに頼んでもらったほうが……」

「今ある情報だけでは、頼めない。頼んだとしても、この小瓶をどこからどうやって入手したのか聞かれると思う。そういう面倒なこと抜きに、ちゃちゃっと動いてくれるのは、隣人だよ。保に頼めば、中国人を受け入れている農家とか紹介してくれると思う」

「それはそうかもしれないけど……」

気が進まなそうに顔を伏せていたが、背に腹は替えられないと思ったのか、やがて大樹はうなずいた。

「分かりました。これから保さんのところに行ってみます」

ひょいと頭を下げ、小瓶をポケットに突っ込むと、踵を返す。小走りに駐車スペースへ向かう彼の後ろ姿を見送りながら、疲れを覚えた。

自分は、どこへ向かっているのだろう。そして、この先には、何が待っているのだろう。

何気なく視線を上げると、天井の隅の蜘蛛《くも》の巣が目に入った。見事な円形だ。中央には、大きな蜘蛛が陣取っている。近くを一匹の蛾《が》が飛んでいた。ふらふらと巣に向かって近づいていく。その姿が、ファンロン・ジャパンという巨大企業の前であがく自分と重なった。

唇をきつく巻き込むと、夏未は駅舎を出た。

Ⅵ

漆黒の夜空をライトが点滅しながら移動していく。少し先に羽田空港があるのだ。近未来的なイメージの巨大な新ターミナルビルもでき、国際便も増えたいま、東京を象徴する風景のひとつと言っていいだろう。

今、夏未が歩いているのは、その空港から距離にして二キロほどの住宅街だった。狭い道を挟み、一軒家やアパートが隙間なく立ち並んでいる。住宅に混ざって、一階が店、二階が住居になっている豆腐店や酒販店が点在していた。まるで昭和の時代のテレビドラマの一シーンのようだった。「地元」という呼称がよく似合う。

時刻は午後八時半を回ったところだが、人の姿はほとんど見当たらなかった。静かでもあった。自分の足音だけが響き渡っている。

携帯電話で地図をもう一度確認し、元は白かったと思われる外壁に黒いスレート屋根の小さな二階建ての前で足を止める。道から石段を一段上ったところにすぐドアがあった。その脇に木製の表札がかかっていた。黒々とした毛筆体で、立島と書いてある。

一階の窓のカーテンの隙間から、青白い灯りが漏れていた。テレビの音もかすかに聞こえる。広橋笑子によると、立島夫妻に子どもはおらず、今この家に住んでいるのは量子一人である。

留守でなくてよかったと思ったものの、なかなかドアホンに手が伸びなかった。他人の家をアポイントなしで訪問するのは、子どものころ以来である。

しかし、今夜を逃せば、次に身体が空くのは週末になりそうだった。今しかないのだと自分に言い聞かせながら、ボタンを押した。

軽やかな音が鳴った数秒後、ドアの脇にあるパネルから、訝《いぶか》しげな声が聞こえてきた。

「どちら様ですか?」

「夜分に申し訳ありません。立島量子さんですよね。私、及川と申します。広橋さんにご紹介いただき……」

息を呑む気配がしたかと思うと、鋭い口調で量子は言った。

「帰ってください!」

反射的に頭を下げていた。

「本当に申し訳ありません。少しだけでいいので、ご主人について……」

夏未が言葉を終える前に、量子は叩きつけるようにドアホンを切った。テレビの音、そして部屋の灯りが間髪入れずに消えた。

夏未は呆然《ぼうぜん》とドアの前に立ち尽くした。徹底的な拒絶の構えのようだ。

昨夜の電話で広橋から聞いた言葉がよみがえってきた。

――量子さんは、何かを知ってるかもしれません。

ただの勘だと広橋は言っていたが、ヒステリックとも思える反応を見て、夏未もそんな気がしてきた。

広橋は日曜の夜、夏未と別れた後、量子に電話をかけ、鬼嵐の調査チームの医師、つまり夏未に会ってほしいと頼んでくれた。量子は即座に断り、電話を切ったという。夏未の素性や面談の目的をある程度説明したら、考え直してくれるかもしれないと思った広橋は、すぐにメールを書いて量子に送った。そして月曜、つまり昨日の夜、量子に再度電話をかけたが、今度はつながらなかったそうだ。状況から考えて、着信拒否の可能性が高かった。

その話を聞き、まだ他人と会う心境ではないのだろうと夏未は思った。夫が中国で客死してから、まだ日が浅かった。悲しみが癒えるには、時間がかかる。しかし、広橋の考えは違った。

「よほど及川先生に会いたくないんだと思います。隠したいことがあるのかもしれません」

それを確かめるべきだと言うと、広橋は量子の住所を教えてくれたのだ。

このまま踵を返す気にはなれなかった。軽くドアをノックし、小声で中に向かって呼びかけた。

「ご主人がなぜ亡くなったのか、そもそもなぜ中国へ行ったのか、私も気になっているんです。奥様も、何がなんだか分からないとおっしゃっていたそうですね」

ドアから離れている場所にいたら声は届かないのだが、夏未には彼女が玄関で息をひそめているように思えてならなかった。少なくとも、夏未が立ち去ったかどうかを気にしているはずだ。

夏未は、ドアをコツコツと叩くと、低い声で続けた。

「ご主人の研究ノート、使っていらっしゃったパソコン、あるいはスケジュール帳のようなものがあれば、見せていただけないでしょうか」

時間を置いてノックと呼びかけを繰り返してみたが、ドアはピクリとも動かなかった。時計を確認すると、到着してから十五分が経過していた。口惜《くや》しいが、そろそろ引き上げたほうがよさそうだ。

量子の気が変わったときに備え、連絡先を紙に記して郵便受けに入れておくつもりだった。ペンと手帳をバッグから取り出そうとしたとき、鼻先を煙草の臭いがかすめた。

振り返ると、咥え煙草をした初老の男が立っていた。肉体労働の仕事でもしているのか、まだ夏前だというのに、顔から首にかけて赤銅色に日焼けしている。男はだみ声で尋ねた。

「あんた、誰？」

「立島さんを訪ねてきたんです」

男が舌打ちをした。

「そんなことは、見りゃ分かる。俺はこの町会の人間なんだけどね。さっき奥さんから電話があったんだ。おかしな女が玄関先に押しかけてきて、断っても帰ってくれないって」

「今、帰るところです。ただ、その前に私の連絡先を郵便受けにでも……」

男は煙草の煙を夏末に吹きつけると、角ばった顎を振り上げた。

「いらねえよ。あんたのやってることはつきまといっていう犯罪だ。さっさと失《う》せろ。さもないと、警察呼ぶぞ。奥さん、かわいそうに電気まで消して怯えてんじゃねえか」

そんなあなたは、私を脅迫している。そう思ったが、口には出さなかった。男は外見はともかく、善意の人なのだろう。おらが町の不幸な未亡人を不審者から守っているつもりなのだ。

連絡先は郵送しよう。自分の疑問や聞きたいことを手紙に書いて同封するのもいいかもしれない。

敵意のこもった男の視線を全身で感じながら、夏未は石段を下りた。

京急線の駅に着いたところで、電話が鳴った。大樹からだった。日曜の夜、例の膏薬について調べると言っていたことを思い出した。

通行の邪魔にならない場所に移動して通話ボタンを押すと、弾んだ声が聞こえてきた。

「さっき、中国の製造元と電話がつながりました。保さんに紹介してもらった中国の若いのがかけたんだけど」

例の膏薬は、製造元がある中国南部の町、アンイェンと、そこから五十キロばかり離れたナンホエで売っているという。

「正規販売店は、その二か所だけだそうです」

町の名前を言われても、場所の見当がつかない。

「ジジイんちにあったのは、どちらかの町の店で誰かが買って、日本に持ち込んだ。そこまでは確かだと思う。別の場所で買った転売品だっていう可能性は、ほぼ消えたから」

「なんで、そう言えるの？」

「転売品の場合、袋に入ってないって言うんすよ」

転売目的で商品を購入する人は、ばらで買うより割安の三十個パックを買う。それを分けて売るのだそうだ。

「前に言いましたよね。俺が見つけた瓶は、袋に入ってたって。その紙袋が正規販売店のものだっていう確認が取れました」

少し考えてうなずく。

「永沼さんの家にあった膏薬の出所が、中国南部の二つの町に絞られたってことか……」

「俺の思った通りだった。二つの町のどちらかと、ジジイんちは一本の線でつながってる」

あの小さな瓶が手がかりになるなんて驚きだ。大樹の執念がもたらした幸運かもしれない。ただし、問題はこの先だった。誰が膏薬を運んだかではなく、誰が病原体を姫野に持ち込んだかが肝心だ。

夏未が口を開く前に、大樹が言った。

「つながってるとしても、どっちの町も鬼嵐と関係なかったら、意味ないっすよね。製造元には、二つの町で患者が見つかってないか聞いてみたんだけど、知らないって言われちまった」

「専門家向けのデータベースで、発生情報を確認するわ。現地になるべく近い国立研究所か大学病院の専門家にも問い合わせておく。知り合いの知り合いぐらいは見つかると思うから」

「お願いします。それを頼みたくて、電話したんすよ。専門家に聞けば違った答えが返ってくるかもしれない。ただ、町の噂ってやつも、馬鹿にはできないと思うんで。俺のほうは、明日、販売店に電話で聞いてみます。日本に行く予定があった客を知らないかとか、そんな話も聞いてみようかなと」

耳を傾けながら、違和感を覚えていた。声や口調は間違いなく大樹のものなのに、大樹と話している気がしない。話の要領が良すぎるのだ。

夏未の困惑をよそに大樹は続けた。

「あと、姫野にいる中国人の中に、二つの町やその周辺地域の出身者がいないか、調べようと思います。もしいたら、そいつがジジィんちに膏薬と鬼嵐を持ち込んだ真犯人の可能性がある。感染しても発病しないやつだったら、そいつは今も生きてるはずだ。探し出して血液検査でもして、永沼との関係をゲロさせれば、それで決まりだ。ただ、そいつが生きてる保証はない。日本で中国人が鬼嵐に感染して死んだって話は聞かないけど、中国に帰ってしまって、そこで死んだ可能性は否定できない。その場合でも、まあ、そこまで俺らが材料を出したら、感染源がシャンヤオカイだって決めつけるのはおかしいだろうって話になるでしょう」

やっぱり今日の大樹はいつもの彼と違う。頭の回転の良さに、気圧《けお》されるような気すらする。

「とりあえず、今夜は引き続き、李《リ》の奴が姫野の知り合いに片っ端から電話をかけます」

李という名前が出たところで、ようやくピンときた。

「李さんって人、頭が切れるんだ」

数秒の沈黙の後、大樹は笑った。

「シナリオ書いてるの、奴だって、バレましたか。保さんの知り合いの農家で働いてるんだけど、ホント、使えるやつですよ。二十歳とは思えない」

「農家で働いているなら、李さんは朝が早いんでしょ。遅くまで拘束したら悪いよ」

「問題ないっす。宅配ピザを頼むから食ってけって言ったら、大喜びしてたし」

「ピザより、謝礼じゃないの？　額を先に決めておかないと、後で揉めるよ。あっちの人はお金にシビアだそうだから」

微妙な間があった後、大樹が聞いた。

「謝礼って、現金って意味ですか？」

「希望の額を聞いてみて、私が出すから」

突然大樹が怒鳴った。

「バカにしてんすか?」

まずい、言いすぎてしまった。

大樹は失業中だ。懐事情を慮《おもんばか》って、自分が謝礼を出そうと思い立った。そこまではいいとしても、恩着せがましく大樹に言う必要はなかった。李と直接話すべきだった。

「悪気はなかったの。ごめんなさい」

謝ると、大樹はため息をついた。

「いや、こっちもどうかしてた。でも、マジでいいやつだから」

夏未は耳を疑った。大樹は、プライドを傷つけられて怒ったのだと思ったのだが、そうではなさそうだ。

大樹は何かを思い出すように笑った。

「通訳を頼みに行ったとき、断られると思ってました。『俺はお前の同胞が我が国にウイルスを持ち込んだと疑ってる。証拠を探すのを手伝え』なんて言われたら、普通はムカつくでしょ。なのに、李はあっさりOKしてくれた。意外だったから理由を聞いたんだ。そうしたら、鬼嵐は人類共通の敵だとか言ってた。要するに、人間VS鬼嵐なんだって。そんな重大な局面で、中国VS日本みたいなちまちました話を持ち出すなって大真面目な顔で言うんだ。あと、保さんに恩義も感じてるって。保さん、去年、あいつにちょっとした世話を焼いたみたいなんだ。李は、保さんを信用してる。保さんの友だちの俺のことも信じる。二人に嫌疑がかかっているなら、それを晴らす手伝いをするのは当然だって言ってくれた。信じるなんて言われたのは、騒動以来初めてだったから、正直、ウルっと来ましたよ」

「いい人みたいだね。年齢より大人みたいだし、頭も良さそう」

「だから、そうだって言ってるじゃないですか。俺、李と話してるうちに分かりましたよ。中国人はみんなひどい性格だっていう話、あるでしょ。ありゃ、完全なデマですね」

電話を切った後、ため息をついた。

自分に外国人への偏見はないと思っていた。それでもどこかに中国人や外国人実習生を侮る気持ちがあったのかもしれない。しかも言葉に出してしまった。李を侮辱したから、大樹は怒ったのだ。さらに言えば、自分は大樹のような地元志向の人たちにも偏見を持っていた。頑固で融通がきかないと、見下す気持ちがありはしなかったか。

品川行の電車の到着を告げるアナウンスが流れた。夏未は改札口へと歩き出した。

週の初めには、風が吹いてきたような気がした。真実にたどり着けるのではという期待感や高揚感があった。週末になり、その風は完全に止まった。無風、ベタなぎの大海原に取り残された帆のないヨットに乗っている気分だ。

土曜の早朝、趣味の悪いカバーがかかったウィークリーマンションのベッドに寝そべったまま、寝ぼけ眼で携帯電話をチェックした。

期待していた立島量子からのメールはなかった。大樹からは、一通来ていた。件名に「情報なし」と書いてあるから、開いても無駄だろう。

大樹と李は、行き詰まりつつあった。姫野にいるおよそ三百人の中国人の中に、アンイェン、ナンホエおよびその周辺地域にゆかりのある人物は見当たらないという。現地の販売店からも、めぼしい情報は今のところ得られていない。

夏末のほうも、進展なしだ。調べたところ、二つの町はいずれも中国南部にあったが、鬼嵐の発生地域よりずっと内陸にあり、発生圏内とはいえなかった。その周辺で鬼嵐が発生したという情報は、データベースを調べても、中国南部にある国立研究所の研究者に問い合わせても出てこない。

立島量子には水曜の夜に手紙を書き、木曜の朝、郵便局のポストに投かんした。手紙は何度か書き直した。最初は「立島氏が亡くなった経緯について、確認させていただきたい」とだけ、したためた。しかし、それだけで彼女の頑なな気持ちを動かすのは無理だと思い直した。最終的には、「ご主人の死因に疑問を持っています。鬼嵐やトロイチンについて、重要な情報を握っていたから、殺されたのかもしれません。今はまだ想像に過ぎませんが、調べて真相を突き止めたいのです」と素直に書いた。

手紙は昨日中に届いたはずだが、少なくともすぐに反応する気にはならなかったようだ。

ため息をつきながら、テレビのスイッチをオンにする。ベテラン俳優が報道陣に囲まれている映像が流れた。不倫騒動のようだ。チャンネルをニュース番組に変えた。七時のニュースがちょうど始まったばかりで、今日の主なニュースの一覧が表示されていたが、その中に鬼嵐の二文字はなかった。

遠山が亡くなったのを最後に、新たな患者は一人も出ていなかった。鬼嵐は世間的には一段落したのだ。

調査チームも月末に縮小されるそうだが、夏未は少なくとも六月いっぱい残るように友永から言われている。国内の発生は一段落したようだが、予断は許されない状況だし、再発に備えての対策作りという新たな課題も待っている。

夏未としては、気持ちの上では友永と距離を置きたかった。広橋の前では否定してみせたが、友永に対する疑惑は、膨らんでいた。

例えば友永は昨夜、厚労省の担当者を呼びつけ、来年度の概算要求でトロイチンを備蓄する予算を確保するよう主張し、自分で作った資料を渡した。担当者はそれを見て、目を丸くした。友永が試算して出したトロイチンの必要量が、あまりにも多かったのだ。

担当者は、厚労省が必要と考える備蓄量は、友永の試算の百分の一だと指摘した。友永は話にならないというように、首を振った。鬼嵐が他の国に飛び火し、万一流行すれば、唯一の治療薬であるトロイチンの奪い合いが起きるから、その前に確保しておくべきだというのだ。

担当者が帰った後、友永はファンロン・ジャパンの月田に電話をかけていた。

「先方は百分の一でいいと言ってましたが、十分の一あたりで落ち着くんじゃないかな」

これだけの材料ではファンロンと友永が癒着していると断言はできない。ましてや、遠山と立島の不審な死に関与しているとはいえない。しかし、友永はファンロンに利用されているのではという疑念は拭えなかった。

テレビを消すとベッドから降りた。着替えようと、クローゼットを開けたとき、携帯電話が鳴り始めた。着信画面には、知らない番号が表示されている。

量子だろうか。

緊張しながら通話ボタンを押すと、聞こえてきたのは広橋笑子の声だった。

「今、東京に着いたところです。先生も東京にいらっしゃいますよね？」

「はい。でも……。こんな朝早くにどうしたんですか？　もしかして、立島量子さんに会いにきたんですか？　手紙を書いたんですが、反応がないので、今日、行ってみようと思っていたところです」

広橋と二人で訪ねれば、量子の警戒心が薄れるかもしれないと思って言ったのだが、そういえば広橋も着信拒否をされていた。

「いえ。その前に昨日手に入れたものをお見せしたいんです。何なんだろうって、ずっと考えていたんですが、深夜になって思いあたることがあって」

未明に向こうを出て、高速を飛ばしてきたらしい。

「何を手に入れたんですか？」

「私の想像なので、期待しすぎないでください」

そう前置きすると、広橋は声を潜めた。

「立島さんのスケジュール帳のコピーかもしれないんです」

立島のスケジュール帳！　喉から手が出るほど欲しい。でもなぜそんなものが、広橋の手元にあるのだ。

「入手した経緯は、会ってからお話しします。新宿のホテルに部屋を取りますから、来てくださいませんか？」

「私の部屋に来てもらってもよかったのに」

「いえ、先生には見張りがついているかもしれません」

さらっと言われ、ぎょっとした。見張られているなんて、考えてもみなかった。でも、その可能性がないとは言えない。これまでに人が二人も不審な死を遂げており、自分はその事情を探ろうとしているのだ。

「チェックイン後に、ホテルの名前と住所、部屋番号をメールで送ります」

電話を切り、何気なく横を向く。開け放ったクローゼットの扉の裏の鏡に映った自分と目が合った。

これまでの自分は、無防備すぎた。広橋のように、念には念を入れるのが正解だと思いながら、夏未はパジャマ代わりのトレーナーを脱いだ。

指定されたホテルの前に着くなり、あぜんとした。どう見てもラブホテルだ。外装は地味だが、入口の脇に料金表示の看板が出ている。

しかし、考えてみれば、早朝にチェックインできるシティホテルやビジネスホテルなど、聞いたことがなかった。

フロントで部屋番号を告げる。死んだような目をした男性スタッフがすぐに通してくれた。

部屋で待っているのは女性である。好奇の視線を向けられるかと思ったが、そうでもなかった。今どき、同性のカップルはさほど珍しくないのだろう。

部屋番号を確かめてノックをすると、間髪入れずに内側からドアが開いた。

素早くドアを閉めると、広橋は礼儀正しく頭を下げた。

「突然、申し訳ありません。さっそく、例のものを……」

踵を返して窓のほうへ向かう彼女に続く。この前会ったときは、暗い色の大人しい服装だったが、今日はベージュのヨットパーカーにジーンズという軽装だ。眼鏡も金属フレームではなく、四角い黒ぶちに変えている。小柄なせいもあり、後ろ姿だけなら学生と間違えそうだ。

部屋は狭くて、染みついた煙草の臭いがきつかった。深緑色のカバーがかかった巨大なベッドが部屋の三分の一を占めている。

その他の家具や内装に、それっぽさは特になかった。浴室がどうなっているのかは不明だが、ベッドサイドのテーブルにさりげなく載っている避妊具を除けば、田舎にある古いホテルのようだ。

窓のカーテンは閉め切られていた。窓際に小さな丸いテーブルが一つ。向かい合わせに置かれた肘掛けつきの椅子の片方を引き出して座ると、広橋は床に置いてあった黒革のトートバッグから、コピー用紙の束を取り出してテーブルに載せた。

一見して、小型のスケジュール帳をコピーしたものだと分かった。予定を書き込むページはカレンダー式だ。

ざっとページをめくる。一月から十二月まで十二枚。今年ではなく、去年の分だ。几帳面《きちょうめん》な字で書き込まれているのは、ほとんどがアルファベットや数字だった。例えば、「ＳｔｏＴ、９：００ＭＴＧＷ」のように。

数字は、日時や時刻だろうが、アルファベットがさっぱり分からない。イニシャルや略称だとは思うが、本人以外にはまるで暗号だ。

広橋はテーブルの上に両肘をつくと、切り出した。

「何か分かりますか？」

勢い込むように言われたが、首を横に振るほかなかった。

「それより、これはどうやって広橋さんの手元に？」

「昨日、会社に封筒が宅配便で届きました。宛名は遠山でした。封筒は不動産会社のもので、伝票にもその会社の名前が書いてありました」

郵便物を仕分けする若い事務員は、その封筒を広橋のところに持ってきた。遠山の担当は三人のＭＲで分担して引き継いだ。そのうちの誰に渡せばいいか分からないという。

「投資用マンションか何かのダイレクトメールに決まってると思いました。こんなもの、さっさと捨てればいいのにって。でも、ちょっと考えると変ですよね。ダイレクトメールだったら、印刷したシールが張ってあるでしょ。それに安いメール便を使うだろうし」

「そうでしょうね」

「おまけに、伝票を見返したら、日付指定が入っていました。しかも、受付日が十日前なんです。いよいよおかしいと思いながら開けてみたら、これが出てきました。宛先が他の人ならともかく、遠山です。絶対に何かあると思って、封筒ごと捨てるふりをして、自分のバッグに入れました」

「広橋さん、今、伝票はお持ちですか?」

「はい。ちょっと待ってください」

広橋がバッグから取り出した伝票を手に取り、受付日を確認する。五月十六日。遠山が約束の場所に現れなかった日だ。この日を境に、彼との連絡もつかなくなった。

夏末は大きくうなずいた。

「やはり、立島さんのスケジュール帳のコピーだと思います。遠山さんが立島量子さんから現物かコピーを手に入れて、自分宛てに送っておいたんでしょう」

荷物を出してしまえば、手元に届くまでの間、安全な場所に保管しているも同然だ。

「身の危険を感じていたのかもしれないし、念には念を入れる性格だったのかもしれない」

遠山と電話で交わした会話を思い出し、その確信は強くなった。姫野のファミリーレストランで電話を受けたとき、遠山は「明日、ある人に会う」と言っていた。それがおそらく量子だ。ウィークリーマンションで受けた最後の電話では、「お見せしたいものもありますし」と言っていた。

そう伝えると、広橋はほっとしたように、胸を押さえて笑った。

「間違いなさそうですね。捨てなくてよかったわ。遠山さんの努力を無駄にしてしまうところだった。うちの事務の若い子が、ぼんやりさんだったことに感謝しなくちゃ」

「これが何かは分かったけれど、問題は何が書いてあるかですよね」

遠山の口ぶりでは、彼はこの暗号のような文字列から、何かを読み取ったはずだ。でなければ、あんなふうに友永に会いたがったりはしない。

暗号じみた文字を解読する手がかりになりそうな記載がないかと、コピー用紙をゆっくりめくっていったがダメだった。

鬼嵐が姫野にその姿を現したのは、今年の四月だが、去年から何かが始まっていたのかもしれない。

それが何だか分かれば、きっと真相にたどり着ける。

「じゃあ、そろそろ私は出ます。このコピー、持って行ってもいいですか？」

ここは落ち着かない。ウィークリーマンションの部屋に戻って、暗号解読に挑戦するつもりだった。それとも、姫野に戻るか。

そのとき、携帯電話が鳴り始めた。大樹だった。広橋の前だが、彼女は味方だ。問題ない。

通話ボタンを押すなり、大樹が興奮した声で言った。

「李がやってくれました！」

「やってくれたって、何を？」

「アンイェンの販売店の女店員と仲良くなって、町の噂を拾わせたんです。お礼に日本の化粧品を送るとか言って。そうしたら、何が分かったと思います？」

「もったいぶらずに、さっさと言ってよ！」

「アンイェンの先にある辺鄙な村で、去年鬼嵐っぽい患者が出たことがあったみたいなんです。鬼嵐とは呼ばれていなかったけど、患者は血を吐くとか」

「去年？」

「しかも、なんと、その村に日本人が出入りしていたみたいなんです」

「その人の名前、分かる？」

「カズって呼ばれていたらしい。それ以上のことは残念だけど」

立島の下の名前は一弘だったはずだ。偶然の一致にしてはできすぎている。

何がなんだか分からないが、風は再び吹き始めたようだ。そして、夏未はようやく確信が持てた。遠山と立島は殺されたのだ。彼らが握っていた何らかの重大な情報を隠すために。

電話を切ると、広橋にざっと状況を説明し、スケジュール帳のコピーをめくった。李によると、カズという日本人がアンイェン近郊にいたのは、昨年の十月頃である。十月十四日の欄に気になる数字を見つけた。

「これ、国際線のフライト番号っぽくないですか？　その後の17：50は出発時刻。十日後に同じスタイルの記載があるでしょ。往復の便名と考えれば、つじつまが合うような気がします」

広橋は十四日の欄に記載があったもう一つの数字の羅列を指さした。

「だとすると、こっちは宿泊先か訪問先かもしれません。86って、国際電話をかけるときの中国の国番号なんです」

大樹に再び電話をかけ、記載されていた番号を伝えた。大樹は十分後にコールバックをくれた。李がその番号にかけてみたところ、アンイェンにあるホテルだったという。あいにく立島が宿泊したことまでは確認できなかったそうだが、そこまで分かれば上出来である。立島が昨秋アンイェンおよびその近郊を訪れたのは、間違いなさそうだ。

興奮しながら電話を切ったものの、すぐに壁に突き当たった。立島は翌年、つまり今年の春先に退職し、再び訪れた中国で客死した。その一月以上後、姫野に鬼嵐が出現した。立島と姫野の鬼嵐は、つながっているようでつながっていない。

考え込んでいると、広橋が尋ねた。

「そもそも、立島さんはなぜそんな辺鄙な場所に行ったんでしょうか」

それについては、夏未に考えがあった。

「鬼嵐の発生情報を聞きつけて、現地にトロイチンを持ち込んだんじゃないかしら。業務命令ではなく、個人的に」

広橋は眉を寄せた後、首を傾げた。

「現地で患者の治療に使ったということですか？　あり得ないと思いますが」

常識的に考えれば広橋の言う通りだが、他に理由が思い浮かばない。

立島はトロイチンが効くと知っていた。会社の倉庫にそれが眠っていることも。鬼嵐の発生情報を耳にしたら、トロイチンを持って駆けつけたいと思うはずだ。彼なりの道義心に駆られた行動だったのではないか。

「だからといって、医者でもない人間が他国に未承認薬を持ち込んで勝手に治療に使

「ええ。無茶です。だからこそ、ファンロンは隠す必要があったのでは？」

広橋は首を振った。

「不祥事ではありますね。でも、立島さんや遠山さんを亡き者にしてまで、隠す必要があるとも思えなくて」

殺人が発覚したときのリスクのほうがはるかに高いと広橋は言った。

「それに、もし先生の仮説が正しいとすると、立島さんはどうやって現地で鬼嵐が発生したと知ったのでしょう」

「……確かに変ですね」

現地では鬼嵐という病気が知られておらず、中国の研究機関ですら発生を把握していなかった。「発生を知って駆けつけた」という説は、そもそも成り立たないのだ。

夏未はため息をつきながら、天井を見上げた。隅のほうのクロスが煙草のヤニで黄ばんでいる。場末という言葉がこれほど似合う部屋もそうそうないと思いながらこめかみを揉んでいると、広橋が言った。

「スケジュール帳は量子さんが、遠山さんに渡したんですよね」

「状況から考えて、そうでしょう」

「会社に疑いを持っていなければ、渡さないと思うんです。やっぱり彼女は何か知っています。是非とも彼女に話を聞きたいところですね。なんとかならないかしら……」

広橋は携帯電話の画面を見ながら、ベッドのヘッドボードに備え付けられている固定電話のプッシュボタンを押した。受話器を耳に押し当てたまま振り返ると、「留守電になっています」と言った。

「じゃあ、私が」

受話器を受け取ると、ちょうどメッセージを促す発信音が鳴ったところだった。名乗った後、ゆっくりと言う。

「遠山さんから、ご主人のスケジュール帳を入手しました。ご主人は去年の秋も中国に行かれたようですね。アンイェンという町に。遠山さんは会社に対して不審を持っていました。その遠山さんから私は協力を依頼されていました。奥様の味方です。どうか信じてください」

念のために自分の携帯番号を告げると、祈る思いで受話器を置いた。

「この後は、どうされます？」

広橋が尋ねた。立島の自宅へ行くつもりだと言うと、広橋は心配そうな表情で眼鏡の位置を直した。

「警察に相談したほうがよくないですか？　遠山さんの例もありますし……」

眉間に皺を寄せて言う。秘密を嗅ぎ回れば、身の危険があるのは分かるが、それでも夏未は首を横に振った。今の段階で警察が動いてくれるとは思えなかったのだ。遠山の部屋の光景が脳裏に浮かび、背筋がぞっとしたが、行くしかない。

「注意するようにします」

口ではそう言ったものの、具体的に何をどうすればいいのだろう。例えば電車内でスリに用心するのとはわけが違う。そもそも、どういう事態を想定するべきなのかと考え始めたところ、すぐに答えは出た。

相手は粗暴犯ではない。明らかに他殺と分かる方法で殺されはしないだろう。万一、命を狙われるとしたら、遠山のときと同様、相手は感染死に見せかけようとする可能性がある。

立島家に行く前に、大学に寄ろう。研究室のフリーザーに、トロイチンのサンプルが若干入っていたはずだ。

ホテルを出た後、JRの新宿駅に向かって歩きながら、実家に電話をかけた。特に用はなかったが、父の声を聞きたくなったのだ。

通話ボタンを押した後、すぐに後悔した。この手の行動をゲーム用語で「死亡フラグ」と呼ぶのではなかったか。縁起でもないので切ろうとしたタイミングで、電話はつながってしまった。

「なんだ、お前か。この週末は姫野に戻らないのか？」

「こっちで用事があるから」

「忙しそうだな。身体には気をつけろよ。そういえばさっき、保君が処方箋を取りに来たんだが、ついでに雑談していったよ」

「雑談できるぐらいなら、全快まであと一息だね」

「まあな。ただ、現実から目を背けているのが気になる」

「どういう意味？」

「感染源はシャンヤオカイではないかもしれない、本当の感染源を探すとか言ってるんだ」

　大樹から報告を受け、保の気持ちにも火がついたのだろうか。話が長くなりそうなので、足を止めて歩道の端に寄る。

「で、保はどうするって？」

「中国の辺境地に行った人を探すんだとさ。日本人旅行者がウィルスを持ち帰った可能性があるってわけだ。もしかすると感染しても発症しない体質の人がいて、発覚していないだけじゃないかって。姫野周辺の人の中国渡航歴は、調査してるよな？」

「当たり前でしょ。北京《ベキン》や上海《シャンハイ》ならともかく、中国の奥地まで行った人がいたら、念のために検査をしたはずだけど、そんな話は聞いてない」

「そんなところだろう。保君にもそう言ったんだけど、個人旅行なら、細かな立ち寄り先までは、自己申告しなきゃ分からないはずだとか言って、食い下がるんだ」

「保は、どうしてお父さんにそんな話を？」

「渡航者向けのワクチンを打ちに来た人間の情報がほしいそうだ。患者のプライバシーは明かせないし、そもそもウチはその手のワクチン接種を受け付けていないと言ったら、対応機関をネットで調べるとか言ってた。そこに問い合わせたって答えるわけなどないと思うが……」

狂犬病などの流行国へ行く人は、渡航前にワクチンを接種する場合がある。都市部ならともかく、辺境地まで足を延ばす場合、万一のことを考えて、備えをしておくのが常識だ。保の目のつけどころは悪くない。

細かな立ち寄り先までは、分からないはずだという指摘も一理ある。何人もの命を奪った感染症を持ち込んだ疑いなど、誰だってかけられたくない。そもそも、報道ではシャンヤオカイが感染源だとほぼ断定していた。健康状態に問題がなければ、自分は無関係だと決め込んでも不思議ではない。

「洗い直してみたほうがいいかもしれないね」

泉美代子の顔を思い浮かべながら言う。彼女には貸しがあるから、頼めば嫌とは言わないだろう。この春、中国に渡航した姫野近辺の人間の数などたかが知れているだろうから、たいした手間もかからない。

「本気か？　感染しても発症しない人間がいるかどうかも分からないんだぞ。そもそも、こんな田舎に、中国の奥地へのこのこ出かける人間なんて……」

いったん言葉を切ると、父は声のトーンを変えた。

「いないと決めつけるのもおかしいな。今思い出したんだが、ウチにも二年ほど前、アマゾンに行く予定の人にワクチンを打ったほうがいいかと聞かれた」

「詳しく教えて」

「花粉症で通ってた松井久《まついひさし》さんという人だ」

「よくそんな時間とお金があるわね。地主かなんか？」

「そんなものだ。今度、姫野に工業団地ができるのは知ってるか？」

「電機メーカーの工場とかが来るんだっけ」

大樹がそこへの就職を目指しているとか聞いた覚えがある。

「それだ。松井さんの農地が用地としていい値段で買い上げられたんだよ。まだ五十代半ばだったけど、それを資金源にして、バックパッカーとして世界の辺境地を回りながら独り身の余生を過ごすとか言ってた」

近所付き合いもしない不愛想なタイプだが、そのときは珍しく饒舌《じょうぜつ》だったという。

「まあしかし、松井さんは関係ないだろう。そもそも四月に亡くなってる」

「え、亡くなった？　まさかとは思うけど鬼嵐だった可能性はないの？」

勢い込んで言うと、父は少し笑った。

「それはない。焼死だから。永沼さんが亡くなる少し前に、火事があったのを知ってるか？」

「ああ、そういえばあったね。放火だっけ」

道の駅で開いた試食会の際、大樹がそんな話をしていた。外国人による放火だと憤慨していた記憶がある。

「いや、原因は煙草の火の不始末だそうだ。気の毒に」

過失による焼死だから鬼嵐とは無関係と父は決めつけているが、それこそ早合点ではないか。鬼嵐が出現する少し前に焼死しているというのが引っかかる。しかも、その火事には放火の噂まであるのだ。

「その人、亡くなる前に中国に行ってない？　永沼さんと面識はあったのかしら？」

矢継ぎ早に質問を浴びせかけると、父は不愉快そうに咳ばらいをした。

「俺が知るわけないだろ。そもそもお前の勇み足じゃないか？」

そう思われるのも無理はない。しかし、胸騒ぎを覚えてしようがない。父との電話を切り、泉美代子に松井久の調査を依頼するメールを送った。

その後、保に電話をかけると、彼は着信音が鳴るのとほぼ同時に電話を取った。

「大樹から聞いてる。いろいろありがとうな。おかげさまで、具合もだいぶよくなった」

「それより、さっき父と話したんだけど、日本人旅行者がウイルスを持ち込んだ可能性について調べてるんだって？」

「夏未はどう思う？」

期待を持たせすぎてはいけないと思いながら尋ねる。

「四月に火事で亡くなった松井さんって知ってる？　二年ほど前に農業を止めて、世界の辺境地巡りをしてたみたいなんだけど」

中国への渡航歴が確認されたわけではないが気になるのだと言うと、保が唾を飲み込む音が回線越しに聞こえてきた。

「火事で亡くなったのなら、仮に渡航歴があっても、調査でスルーされた可能性がありそうだな」

「担当者には再調査を依頼しておいたわ。保のほうでも調べてくれないかな。最近中国に行っていないかとか、永沼さんと交友がなかったかとか。火事の詳細もできれば知りたい」

「あと、大樹君にも連絡してくれる？　李さんにアンイェンのホテルに電話して、今年の春に松井という日本人が宿泊していないか聞いてもらってほしいの」

アンイェンは小さな町のようだ。日本人が泊まれそうな宿が何軒もあるとは思えない。

通話を終え、携帯電話をバッグにしまうと、人の流れをかき分けながら速足で新宿駅へと向かった。


大学に着くと、実験器具のストックルームへ行き、発泡スチロールの小さな箱と注射器を入手した。続いて、実験中の大学院生の目を盗みながら研究室の冷凍庫を開け、トロイチンのアンプルを二本取り出した。冷凍庫にあった保冷剤も一緒に箱に入れ、蓋をガムテープで止める。

箱をバッグの底にしまいながら、研究室を出たところで、友永と鉢合わせをした。売店に行ってきたようで、新品の白衣を手にしている。

「お前、今日は休みじゃなかったっけ」

「ちょっと忘れ物を取りに」

「ちょうどよかった。この後、二時からメディア向けにレクを開くんだ」

「急ですね。何か新事実でも？」

「そういうわけじゃない。ファンロンから資金提供を受ける例のプロジェクトについて、記者から問い合わせがあったんだ。せっかくだから、全社に声をかけて説明しようと思ってな。月田さんも、賛成してくれた」

緊急を要する案件でもないのに、前触れなく土曜日に呼びつけられる記者たちが気の毒だと思いながら聞き流していると、友永が言った。

「手伝ってくれ。レクの概要をまとめて、研究室のホームページにプレスリリースとしてアップしてほしいんだ」

「すみませんが、用事があるんです。院生に頼んでもらえませんか？」

「撮影は院生に頼むつもりだ。でも、プレスリリースのほうは、お前に頼みたい。月田さんにも改めてお前を紹介したいし」

「月田社長もいらっしゃるんですか？」

「用事が早く終われば、来てくれるそうだ。俺としては、お前にしかるべきポジションでプロジェクトに参加してもらいたい。スポンサーの月田さんに、根回しをしておかないとな」

夏未は素早く考えを巡らせた。

立島家を訪ねても、量子が会ってくれる保証はない。だったら、ここに残って月田に会ったほうがいいのではないか。

アンイェンという地名を口にしたとき、月田がどんな顔をするか見てみたい。

おろしたての白衣を着た友永が、スクリーンの前でプロジェクトの狙いを説明している。いつもと同じように、自信にあふれた口ぶりだ。集まったメディア関係者は十五人ほど。急な招集にしては、なかなかの盛況ぶりといえる。

夏未は中ほどの列に座り、友永の話をノートパソコンでメモにしていった。集中できないせいか、指の動きは鈍かった。プレスリリースの作成は、隣に座っている院生に頼んだほうが無難そうだ。彼はレクが始まった直後に、写真を撮り終え、その後は同じようにメモを取りながら友永の話に聞き入っている。

月田は結局、間に合わないようだった。代理を名乗る人間が二人、レクが始まる直前に姿を現した。名刺交換する時間もなかったのだが、チャコールグレーのスーツを着た若いほうが気になってしようがない。目が合った瞬間、どこかで見たような顔だと思ったからだ。

月田の代理として来たのだから、彼がファンロンの人間であるのは確かだが、北関東支社で会った遠山の同僚の一人ではない。テレビで見たワンCEOとも別人だ。なのに、なぜ自分はこの男の顔を知っているのだろう。鋭い眼光やすっきり通った鼻筋に見覚えがあるのだが、よく似た誰かと間違えているのだろうか。

パワーポイントの画面を投影したスクリーンが真っ白になった。ようやく友永の話が終わったようだ。

「私からは、こんなところです。質疑があればどうぞ」

隣の院生がペンを置き、素早くカメラを手に取った。質疑応答の様子も撮影するつもりらしい。マメさと熱心さに感心していると、携帯電話に着信があった。メールだ。テーブルの下で送信者を確かめたとき、息を呑んだ。

——これまで大変失礼いたしました。今から自宅へお越しいただけませんでしょうか。

——量子だ。そっけない簡単な文面だったが、どんなラブレターよりも今は嬉《うれ》しい。これで、もう一歩先に進める。

友永と取材陣のやり取りは続いていたが、一刻も早く彼女のもとにはせ参じたかった。写真を撮っている院生を手招きして呼び寄せる。

「写真は十分撮ったでしょ？　悪いんだけど質疑応答のメモを取ってくれない？　急用ができたのよ」

小声で頼むと、院生は快く了解してくれた。音をたてないように慎重に椅子を引き、中腰の姿勢で後方にあるドアへ向かう。いつの間にか、さっきの男は、席をはずしていた。

大通りに出ると、タクシーを拾った。移動時間を利用して、メールや電話をしたかったのだ。まずは量子に、「一時間以内に自宅に伺います」と返信した。広橋にもメールで状況を報告する。その後、保に電話をかけた。

保は、大樹が運転する車で移動中だった。松井の近所の人に話を聞けたそうで、興奮気味にまくしたてた。

「当たりっぽいぞ。松井さんが、亡くなるちょっと前に長期旅行に出かけたのは間違いない。予定や行き先を聞いた人はいなかったけど、その頃、新聞が止められていたそうだ。永沼さんとの関係については、気になる噂があった。農地を売るとき、口利きをしてもらったらしい」

県の当初計画によると、松井の農地は工業団地の予定地からわずかにはずれていた。ところがある日突然、予定範囲が拡大され、松井の農地も買取対象になったそうだ。

「その裏で、永沼さんが動いたんじゃないかって」

「ただの噂じゃない？　元助役に、そこまでの力があるとは思えないもの」

永沼老人は話を取り次いだだけで、実際に動いたのは県議の息子のほうだと保は言った。息子は工業団地誘致の旗振り役だったそうだ。

「表面上は仲が悪かったけど、裏ではがっちり手を握り合っていたのかもしれない」

永沼老人も、息子の県議も一筋縄ではいかないタイプだった。品行方正な善人でなかったとしても、ちっとも驚かない。

「ただ、あくまで噂だよね」

保は得意げに続けた。

「まあ、聞けよ。続きがあるんだ。李さんが昼休みに中国の宿に電話してくれた。四月の初めに日本人バックパッカーがアンイェンの宿に泊まってる」

「名前は？」

「そこまでは教えてもらえなかったけど、初老の男だってことまでは聞き出せた」

夏未は拳を握りしめた。

あの膏薬を永沼のもとに届けたのは松井の可能性がある。土産の膏薬とともに鬼嵐を運んできた可能性も大いにある。そして、こうなってくると、松井の命を奪った火事の原因がいよいよ気になる。

「松井さんの自宅はどんな具合だった？」

「更地になってた。全焼だったからな」

家の中を調べればウイルスの痕跡が見つかるかもしれないと思ったのだが、更地では無理だろう。

「放火の噂についてはは聞いてみた？」

「たいした情報はなかった。焼け跡を調べても放火の決定的な証拠はなかった。それで警察は、失火と判断したみたいだ」

逆に言えば、失火という証拠もなかったわけだ。

松井という人物の登場により、散乱していたジグソーパズルのピースが次々とはまり始めた。重要なピースはまだいくつか抜けているが、浮かび上がってきた絵柄は、とてつもなくおぞましい。

保は夏未の沈黙に気づく様子もなく続けた。

「もし、松井さんが姫野に鬼嵐を持ち込んだとしたら、俺と大樹はアンラッキーだったな。松井さんが火災に遭わなければ、感染源だとすぐに調べがついたはずだろ？そうしたら、シャンヤオカイが疑われることもなかった」

夏未は無言で首を横に振った。

そうではない。そういう偶然が重なって現在があるのではないのだ。

シャンヤオカイは狙われた。何者かによって、松井の代わりに感染源に仕立て上げられた。それが、この事件の真相ではないか。

カギになるのは、シャンヤオカイへの感染だ。鬼嵐ウイルスは、シャンヤオカイから人に感染するが、その逆のルートは理論上はともかく、現実的には考えられない。人は家畜の肉を食べたり、体液や排泄物《はいせつ》に接したりする機会があるが、その逆は、少なくとも日本においてはない。蚊などの媒介者が存在するなら話は別だが、媒介者が存在するなら、感染はもっと広がっている。

シャンヤオカイは、ウイルスを故意に感染させられたのだ。その目的は、一つしか思いつかなかった。

——真の感染源を覆い隠すため。

日本で家畜化されている羊とのハイブリッドとはいえ、中国にルーツがあるシャンヤオカイは、ウイルスの運搬役としてこれ以上ないほどピタリとはまる。実際、シャンヤオカイからウイルスが検出されたとき、誰もがシャンヤオカイが感染源と疑わなかった。目の前に現れた有力な容疑者に飛びついてしまったのだ。結果的に、保や大樹の「濡れ衣説」のほうが、正しかったということになる。

真の感染源は、おそらく松井という人物だろう。そして、火災の原因は放火だ。感染者とその身の回りのものを焼き尽くし、ウイルスの痕跡を覆い隠したのだ。そのうえで、シャンヤオカイをウイルスに感染させ、まんまと犯人に仕立て上げた。

それにしても、なぜそんな大それたことをしたのだろう。

海外から感染症が人を介して入ってくるのは、あり得ない話ではない。それどころか、新興・再興感染症は、そんなふうにして日本に上陸すると想定されている。感染が広がり、犠牲者が出たとはいえ、感染源を隠す理由が何もないように思えるのだ。しかも、一連の動きの背後にはファンロンの存在が見え隠れしている。感染源を隠蔽したばかりか、秘密を守るために遠山や立島を亡き者にした可能性すらある。犯罪に手を染めてまで、守らなければならない秘密とは、いったい何だったのか……。

いつの間にか、息をするのも忘れていた。

その沈黙に戸惑うように、保が言った。

「夏未、どうかした？」

「ごめん。なんでもない」

今はまだ保には話せない。分からないことが多すぎる。

「そうか。このことだけど、調査チームの上司に話してくれないか？　警察に行こうかと思ったけど、まだ証拠がそろってるわけじゃないし、俺や大樹じゃ、うまく説明できそうもない」

「分かった。これから人に会うから、その後にでも」

任せたと言って、保は電話を切った。電話を終え、夏未はシートに深く身を沈め、シャツの襟に顎をうずめる。

いつの間にか、タクシーは第二京浜に入っていた。排ガスの粒子で空気が濁っているように見えるのは気のせいだろうか。いずれにしても、目的地はもうすぐそこだ。

この邪悪な計画を立てたのは、いったい誰なのだ。ファンロンが関係しているのはほぼ間違いないが、松井が鬼嵐を持ち込んだ事実を隠蔽した理由は何だろう。

遠山の立場については、察しがついた。彼は、姫野に感染が広がっていないか、探らされていたのではないか。姫野のような田舎、ましてや及川クリニックのような小さな医療機関に足しげく通っても営業効率は悪いのに、今後も密に回ると言っていた。

彼はおそらく、真の目的は知らされていなかった。鬼嵐が発生した後、夏未を通じて立島について知り、己の真の任務に気づき、会社の上層部に疑いを抱いたのだろう。

ファンロンがシャンヤオカイを感染源に仕立て上げた方法も想像がつく。感染した人か動物の体液か血液さえ手元にあれば、注射器などを利用して販売されている肉に注入し、感染を偽装するのは、難しくはないだろう。

そこまで考えたとき、夏未はシートの上で小さく飛び上がった。

さっき説明会に来ていたあの男……。道の駅で実施した試食会で見かけた人物に、似てはいないだろうか。似ている気がする。少なくとも、受けた印象は完全に一致する。

携帯電話を再び手に取り、研究室に電話をかけ、カメラマン役をしていた大学院生を呼び出す。

「説明会の写真を私の携帯にメールで送ってほしいの。後ろのほうにファンロンの社員がいたでしょ。顔が分かるショットをお願い。二人いたうちの若いほう」

「えっと、それはどういう？」

「その人と待ち合わせなんだけど、顔を忘れちゃったのよ。友永先生には、内緒にしておいてもらえると助かるわ」

「ああ、なるほど」

適当についた嘘だったが、友永のお使いだと勝手に勘違いしてくれたようで、院生はすぐに送ると言って電話を切った。

送られてきた写真をすぐさまメールに添付して、宛先欄に保と大樹の連絡先を入れた。

――この人に、見覚えない？

メッセージを入力したところで、タクシーは停まった。運転手がメーターを切る。

送信ボタンを押すと、大きく息を吐いて、財布を取り出した。

チャイムを鳴らすと、立島量子はすぐにドアを開けた。長身の痩せた女だった。ショートカットの根元から三センチほどが半白髪のせいか、ひどく疲れて見える。量子は硬い表情で周囲を見回すと、夏未を中に招き入れた。

案内されたのはダイニングキッチンだった。流し台の周囲は出しっぱなしの調味料や調理器具で雑然としていたが、テーブルはすっきり片付いており、電気ポットと茶器が出してある。

毛糸のカバーが足についている椅子に座ると、夏未は丁寧に頭を下げた。

「無理を申し上げて、すみません」

量子は指先のささくれを気にしながら、夏未の目を見ずに頭を下げた。

「こちらこそ、失礼しました。広橋さんの紹介といっても、どういう方か分からなかったので、お会いする気になれなくて……」

か細い声で言う。

「お身体のほうは、大丈夫ですか？」

「まあ、なんとか……」

骨ばった腕を伸ばしてお茶をいれ、湯呑《ゆのみ》を夏未の前に出すと、量子は身じろぎをした。視線は下に向けたままだ。さっきのメールでは、話をするのに前向きな印象だったが、そうでもないようだ。夏未は単刀直入に切り出した。

「奥様は、遠山さんと接触しましたよね。そして彼にご主人のスケジュール帳を渡した。その際、遠山さんにどんな話をしたのか、教えてください」

それが分かれば、たぶんこの事件の全容が見えてくる。

量子は唾を飲み込むように喉を動かしたが、言葉を発しようとはしなかった。

「ご主人は中国で会社に殺されたかもしれないと私は思っています。奥様も不審を持たれていたから、遠山さんにスケジュール帳を渡したんじゃありませんか?」

量子は力なく首を横に振った。

「主人は交通事故で亡くなりました」

「事故は偽装されたのだと思います。ご主人が昨年訪れたアンイェンという町の近くで、何かがあったはずなんです」

量子は表情を変えずに首を振った。

「外務省の方も事故だとおっしゃっていました」

なぜこうも頑ななのだ。じれったかったが、怖がっているのかもしれないと思い直す。遠山が亡くなったのは知っているはずだ。怯えないほうがどうかしている。

「真相を明らかにしたいとは思いませんか? 亡くなったご主人のためにも」

長期戦を覚悟して、できるだけ穏やかに言うと、量子は顔を伏せたまま湯呑を手で指し示した。

「とりあえず、お茶でも……」

心の中でため息をつきながら、お茶を飲んだ。

変わった味がするなと思った次の瞬間、目の前にいる量子の身体が大きく傾いだ。

いや、そうではない。自分の身体が揺れているのだ。まるで強い酒を飲みすぎた後のように全身から力が抜ける。気づいたときには夏未は椅子から転がり落ちていた。こめかみをしたたかに床に打ちつける。鈍い嫌な音がした。

量子の名を呼ぼうとしたが、舌が麻痺したように動かない。吐き気がするのに、意識が急速に遠のいていく。

引き戸を開く音がした。どうにか目を開けると、チャコールグレーのパンツが視界に入った。

「奥さん、もう大丈夫です」

男の声がそう言うのを聞き、量子が操られていたのだと悟った。夏未をおびき出すために利用されたのだ。迂闊だった。用心していたつもりだったのに、まんまと引っかかってしまった自分が情けない。

声の主は優しげに続けた。

「この後、じっくりご説明します。ご主人が犯罪者の汚名を着せられることはありません」

――汚名を着せる？　何を言っているんだ。

反論しようとしたが、目の前が真っ暗になった。

Ⅶ

冷たい目をして、夏未を見下ろしていたのは元夫だった。手をついて立ち上がろうとしたが、腕が動かない。猛烈な頭痛が襲ってきた。痛みに耐えかねて目を閉じる。どこからか懐かしい匂いがした。祖父母の家の畳の匂いだ。大正生まれの祖母はたいへんな始末屋で、表面がささくれ立つまで、畳替えをしなかったのを思い出す。

——なぜ祖父母の家にいるのだろう。しかも、元夫までいるなんて。

そこまで考えたところで、夢だと気づいた。同時に記憶がよみがえってくる。立島量子に薬を盛られたのだ。そしてその場には、ファンロン・ジャパンのあの男もいた。目を開けると、カーテンの隙間からわずかに差し込む日差しがまぶしかった。少なくとも半日以上、眠らされていた計算になる。

身体を起こそうとして、腕が動かないのに気づいた。両手が前で結束バンドにきつく留められているのだ。バンドはくるぶしの少し上にもはめられていた。いつの間にか着替えをさせられたようで、見覚えのないスウェットの上下を着ている。

なんとか上半身を起こし、周囲を見回した。

いったいここは、どこなのだ。

まったく見覚えのない八畳の和室だった。壁は漆喰塗りで、天井からは、四角い和風の照明器具がぶら下がっている。家具は座卓とテレビ台しかなかった。

座卓に置かれたペットボトルを見たとたんに、強烈な喉の渇きを覚えた。座ったまま尺取り虫のような動きで座卓まで行き、不自由な手でなんとかキャップを取って水を飲んだ。美味しかった。身体の細胞の一つ一つに沁《し》み込んでいく。

人心地がついたところで、立ってみようとしたが、薬が抜けきっていないのか、眩暈がひどく諦めた。再び尺取り虫の動きで、出入り口と思われるふすまに向かった。

ふすまの向こう側は一畳ほどの板の間だった。その先に金属製のドアがあった。なんとか手を伸ばしてノブを回してみたが、ピクリとも動かない。

板の間の右手の方は、ユニットバスになっていた。洗面台には一人分の歯磨きセットと石鹸《せっけん》が置いてあり、パイプ棚には新品のタオルが四枚積んであった。自由に使ってくれと言わんばかりだ。

誘拐、監禁という荒っぽい手段を選んだ人間にしては、親切すぎるように思えた。

そういえば、座卓にも水がわざわざ出してあった。

そもそも、拘束のしかたが妙に緩いのも不可解だ。自由に動けるわけではないが、まったく動けないわけでもない。大人を監禁するなら、もっときつく縛り、助けを求められないよう、猿轡《さるぐつわ》でも嚙ませるのではないだろうか。

それをしていないのは、何か理由があるのか。あるいはこの建物が、絶対に人が来ないような場所にあるのか。

熱っぽいせいか、考えがうまくまとまらない。それでも必死で考えているうちに、はっとした。

押入れを開けると、想像した通り、食料とペットボトル入りの水が入った段ボール箱があった。一週間ぐらいは暮らせそうな量がある。ようやく相手の思惑が見えてきた。

——逃げられては困るが、衰弱されるのもまずい。

だから、こんな緩い状態で監禁されているのだ。その理由は、すぐに分かった。相手は、夏未を鬼嵐の犠牲者の一人に仕立て上げるつもりなのだ。自分はすでにウイルスを感染させられており、トロイチンの投与を受けられないよう、ここに監禁されている。

拘束が緩いのは、遺体発見後の検死をごまかすためだろう。鬼嵐は、発作を起こすまでの潜伏期間中、ほとんど症状が出ない。これまでの犠牲者は全員がその間、ほぼ通常通りの生活を送っている。夏未の遺体が発見されたとき、胃の中が空っぽだったり、失禁したりした形跡があったら、検死を担当した医師が間違いなく不審を抱く。自然な感染死に見せかけるためには、数日から一週間の間、夏未に死なない程度の生活を送らせる必要があるのだ。

そして、ようやく理解した。遠山も同じような経緯をたどって、殺されたのだ。以前、広橋には潜伏期間があるから、口封じにならないと説明したが、感染させた後にどこかに監禁しておけば、目的は達成できる。

吐き気をこらえながら、窓際ににじり寄り、壁で身体を支えながら立ち上がった。カーテンを開けると、ガラス窓の手前に、何枚もの板切れが打ち付けてあった。これでは窓を破るのは無理だ。鍵にすら手が届かない。

板の隙間から覗いてみると、部屋は二階や三階ではないようだった。窓の向こうにうっそうとした森が広がっている。人の気配がないかと思って耳をすませたが、聞こえるのは木々のざわめきと鳥の鳴き声だけだった。

おそらくここは人里離れた場所にある休業中の旅館かホテルなのだろう。脱出は不可能に思えた。入口のドアも体当たりぐらいでは破れないだろう。

頼みの綱は、広橋だった。立島量子を訪ねるというメールを受け取った後、自分と連絡が取れなくなっているのだ。実家の父と連絡を取り、警察に行方不明者届を出してくれたかもしれない。

しかし、警察が成人の捜索をただちに開始するとは思えない。量子から事情を聴くぐらいはするかもしれないが、薬を盛った張本人が素直に口を開くとは思えなかった。

では、保や大樹はどうか。彼らも心配してくれているはずだ。放火の件と併せて、警察に訴えたかもしれない。ただ、放火にせよ、夏未の失踪にせよ、具体的な証拠はなかった。冷静に考えても警察が動くのは、夏未の遺体が見つかってから、ということになるのだろう。

絶望的な気分になってきた。死へのカウントダウンは、始まっている。そして、止める手段はない。

いつの間にか、歯の根が合わなくなっていた。死そのものはもちろんだが、死を待つ期間が恐ろしい。想像しただけで、耐えがたい気がする。最後まで正気を保っていられる自信がない。

そう思ったとたんに、これまでとは比べ物にならないほど強い吐き気がこみあげてきた。よろけながらトイレに向かい、便器の前でひざまずく。冷や汗ばかりが流れ、胃の中のものはいっこうに出てこない。不自由な手を喉に突っ込んで、無理やり吐いた。胃液しか出てこなかったが、吐き気は治まった。レバーを押して水を流し、洗面台で手を洗った。口をゆすいで顔を上げると、鏡が目に入った。顔色がひどく悪い。髪も乱れきっている。

そうしているうちに、苦い笑いがこみあげてきた。この期に及んで見てくれを気にするなんて、どうかしている。

笑ったのがよかったのか、憑《つ》き物が落ちたような気分になった。ついでだと思い、無理して顔を石鹸で洗い、新品のタオルを使った。

少しはさっぱりとした気分でユニットバスを出たが、状況は一ミリも好転していなかった。このままでは、数日から一週間後、この部屋で血を吐き、下血し、目を充血させて死ぬ運命だ。永沼の凄惨な遺体が脳裏に浮かび、再び絶望に襲われそうになる。絶望を振り払おうと首を振ったとたんに、ひらめいた。

——自分の死に場所はここではない。

相手は、夏未がウィルスに感染し、それに気づかず発作に至ってしまったというシナリオを描いている。だとすると、無人の建物の中で息絶えてもらっては困るはずだ。遠山の場合も亡くなったのが自宅だったから、不審を抱かれなかった。死後に、不自然ではない場所に遺体を移したとしても、発作に伴う吐血や下血までは再現はできない。

あくまでも自然死に見せかけるなら……。

夏未は唇を舐《な》めた。

この部屋に監禁されるのは、潜伏期間ぎりぎりまで。その後、どこかに移されるはずだ。その場所で、薬で眠らされるのだろう。そして、発作と同時に目覚める。

押入れの食料品の袋からリンゴを見つけてかじりつく。思いのほか酸っぱかったが、構わず食べ進める。食べ終わったら、なんとか眠ろう。

敵は必ずここに戻ってくる。そのときまで、体力と気力を保つのが肝心だ。


三日目の昼過ぎに、その時はやってきた。畳に横たわっていると、車のエンジン音が聞こえてきた。それは建物の正面と思われる場所で停まった。

ひどくなっている眩暈をこらえながら、板の間まで這うようにして行き、息をひそめながら待っていると、部屋のドアの鍵を回す音がした。ドアが二十センチほど外に開き、忘れもしないファンロン・ジャパンのあの男が顔を覗かせた。

ドアを押してみたが、力が入らず、微動だにしない。

「ここから出して」

返事はなかった。替わりに、ドアの隙間からレジ袋が差し入れられた。あっという間もなく、ドアは閉められた。

「牛丼弁当です。パンと果物ばかりでは、飽きたでしょう。ラップははずしたし、スプーンもつけたから、その手でも食べられるはずです」

「いらない。どうせ睡眠薬が入ってるんでしょう」

男は笑った。

「入ってませんよ。手足を拘束した女性なんて、いかようにもできる。それより弁当

う。

殺すと言われたも同然だ。男は夏未が想像した通りのシナリオを描いているのだろう。

それにしても、殺そうとしている相手に弁当を振る舞おうだなんて、どういう神経をしているのだ。しかも、妙に淡々としている。何かが欠落している人間としか思えなかった。そうは言っても、助かるにはこの男を説き伏せるほかなかった。

「口封じで殺すの？　無駄だと思うけど。あなたが鬼嵐を姫野町に広げたことを知ってるのは、私一人じゃない」

「鬼嵐を広げた？　何のことでしょう」

「道の駅であなたを見たわ。シャンヤオカイの試食会のときに。アンイェンに旅行で立ち寄った松井さんが火事で亡くなった直後だった。あの火事は、あなたか、あなたの仲間による放火でしょう」

松井は、その前に自宅で亡くなっていたか、瀕死《ひんし》の状態だったのだろう。そして鬼嵐の存在を隠すために、すべてが火事で焼かれたのだ。

それで終わっていたら、以降の悲劇は起きなかった。ところが、不幸なことに松井は感染を永沼へと広げていた。もはや、鬼嵐の存在を隠しきれないと思った男は、シャンヤオカイを感染源に仕立て上げたのだ。

「試食会に遭遇したときから、そのつもりだったんでしょ。あのとき、あなたは決めたのよ。もし、感染が広がっていたら、シャンヤオカイのせいにしようって」

だから、肉がいつどこで買えるか尋ねたのだ。あのときは、まさかそんなことを考えているとは思いもせずに、シャンヤオカイが気に入ったのだと単純に喜んでいた。

「この話は、私だけじゃなく、何人もが知ってる。警察の手があなたやファンロンに伸びるのは、時間の問題だわ。今すぐに自首したほうがいい。捕まると決まっているのに、余罪を増やすのは馬鹿げてる」

男は無言だった。夏未の狙い通り、損得勘定を始めたのだろうか。もしそうなら、もう一押しだと思いながら、言葉を重ねる。

「あなたは、ファンロンの社員でしょ。鬼嵐の感染を広げたり、私をこんなふうに監禁しているのは、誰かに命じられてのことよね。事が露見したとき、汚れ仕事を押し付けた人間は、あなたをかばってくれる？　私にはそうは思えない。一人ですべてをやったことにされるんだわ」

歯車の一つとして利用されたと思わせたい。そうすれば、気持ちも動揺するはずだ。

「何度も言うようだけど、どう考えてもあなたは逃げられない。自首してすべてを話したほうがいい。そうすれば、情状酌量で罪が軽くなる」

突然、ドアの向こうでけたたましい笑い声が上がった。怪鳥のような声だった。耳をふさぎたくなったが、拘束された手では、それもままならない。

「何がおかしいのよ！」

叫んだが、笑い声はいっそう大きくなるばかりだった。ひとしきり笑うと、男は言った。

「こんな状況では、普通は命乞いをするものでしょう。なのに、私を理詰めで説得にかかるとはたいしたものだ。あなたはとてつもなく、強い人ですね。行動力や勇気も素晴らしい。ただし、そうしたものが生きていくうえでいつも役に立つとは限りません。脅しに屈して黙るような弱い人だったほうがよかったかもしれない。例えば、立島量子さんのようにね。そうしたら、私たちとしても、あなたをこんなところまで連れてくることはなかった」

「私をおびき出すために、彼女を利用したのね？」

男は含み笑いを漏らした。

「彼女は、夫の死に不審を持っていました。事故死だという我々の説明を一度は受け入れたのに、遠山が余計なことを言うから、彼女の疑念が再燃してしまったのです。ですが、しょせん彼女は弱い女性です。立島氏の死因は実は事故ではなく、自殺だった。日本に鬼嵐を持ち込んだのを悔いて死んだのだ。ファンロンは、その事実を隠すために手を尽くしているのだから、あなたも余計なことはしないでくれ、そうでないと、生命の保障はできないと言ったら、青くなって口をつぐみましたよ。あなたを呼び出してくれという、私の要求にも従った」

量子を恨む気持ちはなかった。敵は、ドアの向こう側にいる男と、ファンロンという会社だ。

夏未は低い声で言った。

「さっきも言ったように、ファンロンもあなたも逃げ切れない。もう終わりなのよ。私が鬼嵐に感染して死んでも、誰も病死だとは思わないわ。それどころか、私の仲間はすでに動いてくれているはず。なのに、どうして私を殺すことにこだわるの？　これ以上罪を重ねる意味がないって分からない？　どうせバレて捕まるのよ」

「それはどうでしょう。私は、あなたほど強くはないかもしれないけど、あなたほど軽率ではない。何倍も慎重な人間です。これまで諸々《もろもろ》のことを完璧にやり遂げてきました。今回についても、万全を期しています」

「だけど、私が死ぬなんて、どう考えてもおかしいでしょう」

「あなたは骨休めに訪れた保養地のホテルの一室で、不眠を解消しようと薬を飲んで寝ていたら、突然、発作に見舞われて亡くなるんです。感染したのは、調査中にということになるでしょう」

「誰もそんな作り話は信じない」

「休暇願を友永先生に送っておきました。あなたは、ここしばらくの激務のせいで、心身が不調になったんです。ご家族にも、あなたの携帯電話からメールでそのように伝えました。ゆっくりしてこいと返事が来ました」

　まさかとは思うが、父はそんなメールを本気にしているのだろうか。

　しかし、この男にそれを納得させるのは無理かもしれない。さっきの笑い声を聞いた瞬間に思った。この男は、良心のタガのようなものが完全に外れている。

　それでも、賭けに出るほかないと思った。この男に、自分を殺しても意味がないと分からせるのだ。

　夏未は慎重に切り出した。

「もう一度言う。あなたは自首したほうがいい。なぜなら、私が偶然鬼嵐に感染したと見せかけて殺すという作戦は、成立しないから」

　男が何か言いかけるのを遮った。

「私のバッグにトロイチンが入っているの、見た？」

「さあ」

「私が持っていたトロイチンはあれだけじゃない。こんなことも考えて、事前に自分に投与しておいたの。だから、ウイルスの感染は成立していない」

　真っ赤な嘘だった。トロイチンが十分あれば、そうしていたかもしれないが、友永の研究室から持ち出せたのは、ごくわずかだった。ウイルスを感染させられた場合に備えて、取っておくほかなかったのだ。そもそも、トロイチンを事前に投与したら、感染が成立しないというのも作り話だ。まだそんな試験結果は存在しない。

男は沈黙したままだったが、夏未は気力を振り絞って強気な口調で続けた。

「ウイルスをもう一度感染させても無駄よ。一度感染した人間には、免疫ができるから。要するに、私は鬼嵐では死なない。口封じが目的なら、あなたは、別の方法で私を殺さなきゃならないってこと」

男の荒い息がドア越しに伝わってくる。あともう一押しだ。

「鬼嵐の感染による自然死ならともかく、異常死だとはっきりしていたら、警察は間違いなく捜査をするでしょう。自殺を装ったとしても、私の知人たちが騒ぐに決まってるから、どっちみち同じ。立島量子さんに捜査の手が及んだとき、彼女、黙っていられるかしら？　それとも、彼女も殺す？　私が最後に訪れた家の人が亡くなったら、疑惑は深まるだけだと思うけど」

――頼む。信じてくれ。

強く念じていると、男が静かに言った。

「なるほど、そういう手があるんですか。それは、知らなかった。あなたが軽率だという指摘は、取り消しましょう」

拘束されていなければ、小躍りしたい気分だった。男に気づかれないように、安堵のため息を漏らしたが、男は低い声で続けた。

「ただ、何があっても、あなたには死んでもらう。この際、原因が鬼嵐でなくても構わない。たとえ、私が逮捕され、死刑に処されるとしても、あなたには死んでもらわないと困るんだ」

その言葉を聞いたとき、希望は絶望に変わった。

なんで……。なんで自分を殺す必要があるのだ。その理由がさっぱり分からない。殺害した相手が何人であっても、自分の運命が変わるわけではないから殺すというのなら、あまりに理不尽だ。破れかぶれになった犯罪者の心理とは、そんなものなのかもしれないが、到底承服できない。

しかし、これ以上、男を説得できそうな材料を持ち合わせてはいなかった。何かあるのではないかと、考えようとしてみたが、思考が千々に乱れてまとまらない。猛烈な焦燥感が全身を駆け巡る。

死にたくない。こんな形で死にたくない。自分には、まだまだやりたいことがある。たとえ、自分の死の真相が後に解明され、ファンロンという巨悪に戦いを挑んだ英雄に祀《まつ》り上げられたとしても、死んでしまっては意味がないのだ。

余計なことに首を突っ込んだのがいけなかったのだろうか。男が言うように、弱い人間だったらよかったのだろうか。

でも、不審に目をつぶることはできなかった。自分は、感染症医だ。保たちの友だちであり、昭子の同僚だ。

そのとき、ドアの向こうで携帯電話が鳴った。男が電話に出る気配がした。そして、廊下を足音が遠ざかっていった。


戻ってきた男の声は動揺していた。鍵を回す音が聞こえる。

男が姿を現した。鼠《ねずみ》色の作業服に身を包んでいる姿は、一見、どこにでもいる平凡な男だが、眼光が異様に鋭い。男はドアを開けるなり、地味な作業服を着た腕で夏未の二の腕をつかんだ。眼光がさらに鋭さを増していた。視線だけで殺されてしまいそうだ。

「いますぐ、ここを出る」

「えっ？」

焦りのせいか、男は乱暴な口調だった。人を食ったような話し方も、なりを潜めていた。

「あなたの知人は、勘がいいようだ。この保養所が今どうなっているか、会社に問い合わせがあった」

それを聞いて、ここがファンロンの関連施設だと知った。シーズンオフだから使われていないのか、あるいは、休業中なのか。電話をかけてくれたのは、広橋かもしれない。ともかく、ここから動いてはいけない。誰かが、この場所に駆けつけてくれる可能性がある。逆に、男の言いなりについていけば、無残な結果になるのは目に見えていた。

夏未は渾身《こんしん》の力を振り絞って、不自由な手で柱にしがみついた。

「放して！　放してよ！」

男は無言で息を荒らげながら、容赦なく引きはがそうとする。汗の匂いが鼻をついた。自分の汗なのか、男の汗なのか分からない。ただ一つ分かっていることは、今が運命の分かれ目ということだった。

夏未は声を張り上げた。

「さっきも言ったでしょ。鬼嵐では死なないのよ！　仲間が私を探しているのに、事故死に見せかけて殺すのも不可能だわ！　私を放して！　そして、自首して！」

男の力は強かった。そして、拘束された身体では限界がある。いつの間にか、涙を流していた。

そのとき、男がはっとしたように、身体を硬直させた。耳をすませるように、上体を傾ける。次第に、夏未の耳にも、かすかな音が聞こえてきた。空耳かと思ったが、間違いない。

車のエンジンだ！

それは次第に大きくなり、建物の前あたりで停車した。

「畜生！　こんなに早く……」

男がうめく。

ドアが開く音に続き、耳慣れた声が窓越しに聞こえてきた。

「夏未さーん！　中にいるんですか？」

大樹だ。大樹が駆けつけてくれたのだ。保の声も聞こえてくる。

「車があるな。しかも、東京のナンバーだ。広橋さんによると、ここはずっと使われてないんだろ？」

「とりあえず車を二、三人で張っておきましょう。犯人が逃げ出そうとするかもしれない。お前たち、頼むぞ。保さんは、警察に連絡をお願いします」

保と大樹のほかにも、青年団の何人かが来ているようだ。

自分はここにいると大声で叫ぼうとしたが、その前に男が夏未の口を押さえつけた。

男の目には、これまでのような鋭い光ではなく、恐怖の色が浮かんでいた。涙さえ浮かべながら懇願する。

「頼む！　あんたが死んでくれないと困るんだ。私の家族が……。家族が殺されてしまう！」

さっきまでの冷酷な態度が嘘のようだった。それに、なぜ今ここで、家族の話が出てくるのだ。

困惑していると、男は手を離してその場にひれ伏した。

「頼む、この通りだ」

板の間に這いつくばり、涙を流しながら何度も頭を下げる。異様な様子に言葉を失ったが、大人しく殺されてやるつもりなどあるわけがない。

「保！　大樹君！　私はここにいるわ！」

男に構わず大声で叫んだ。

男は絶望的な目をすると、素早く踵を返して部屋の鍵を中から閉めた。夏未は柱に手をかけたまま叫んだ。

「今さら何をするつもり？　聞いたでしょ。助けに来たのは、一人や二人じゃない。警察も来るのよ。とても逃げ切れないわ」

男は乾いた唇を開けたが、反論の言葉は出てこなかった。夏未は、声に力を込めた。

「自首しなさい。それしか選択肢はないのよ。あなたに指示を出している人間だって、そう思うはず。終わったのよ」

男は夏未の言葉を反芻するように目を閉じた。悲痛な表情で唇を噛んでいたが、やがて小さなため息を漏らした。

「こんなに早くこの場所が見つかるとは……」

「鍵を開けて。今さらここに籠城したって、意味がないでしょう」

男は、元の無表情に戻るとうなずいた。

「そうですね。私の負けのようです。ただ、すべてが終わる前に、あなたに話を聞いてもらいたい。その間だけ、あなたの仲間には、外で待っていてもらえないだろうか。多少、時間はかかるかもしれないけど」

「話?」

男は吐き捨てるように言った。

「真相ですよ。このままでは、一連の事件はすべて私がやったことにされてしまう。ワンはそういう男です」

夏未は逡巡《しゅんじゅん》した。他のときならともかく、自分は命の瀬戸際にいるのだ。一刻も早く身の安全を確保したい。保や大樹の顔も見たかった。それでも、真相を知りたいという誘惑には勝てなかった。この事件は、まだ分からないことが多すぎる。

「分かったわ。ただし、その前に、私のバッグを返して。トロイチンを打っておきたいの」

潜伏期間が終わっても不思議ではない時期に差し掛かっていた。いつ発作に襲われるか分からないのでは、落ち着いて話を聞く気になどなれない。

男が怪訝《けげん》な表情で眉を上げる。

「さっき、トロイチンは接種済みと言ってましたよね？　あれは……」

「口から出まかせを言っただけ」

男は呆れたように横を向くと、「やっぱり強い人ですね」と言いながら、ポケットから見覚えのある小さな包みを取り出した。

「バッグは処分したけど、こいつだけはいつか役に立つかもしれないと思って、取っておいたんです。すぐに注射するといい。拘束もはずしましょう」

拘束を解かれた手で、夏未は包みを奪うように男から取った。アンプルの用意をしながら思った。今度こそ、本当に助かったのだ。


夏未が注射を終えると、男はポツリポツリと話し始めた。途中で保がドアの前まで来たが、心配ないからと言って、しばらく待ってもらうことにした。それほど、男の話は衝撃的だった。そして、最後まで聞き届けなければいけない、それが自分の使命だと思った。

「事の次第は、ファンロンがトクイを買収した時点から始まります」

ファンロンに買収されるにあたり、トクイ薬品はトロイチンが鬼嵐に効くという事実を闇に葬り去った。中国に不法滞在しているロシア人医師と協力していた経緯が明るみに出たら、面倒になると考えたからだ。ここまでは、月田が前に言っていた通りだった。

ところが、立島がこれに納得しなかったという。一社員に過ぎない身でありながら、ファンロン・ファーマのワンCEOに直接掛け合い、トロイチンの実用化を訴えた。どうにかして、風土病に苦しむ地域を救いたいと思ったのだ。

ワンは前向きに検討しようと言って、立島に資料を提出させ、シンガポールにワン直属の極秘研究チームを発足させた。ところが、ワンの辞書に無償奉仕という言葉はなかった。それどころか、恐るべき計画が彼の念頭にはあった。

「ワンは、中国で鬼嵐を流行させたいと考えたんです。ワンはかの国の要人とパイプがあります。ちょっと流行らせれば、備蓄と称して大量購入させられると踏んだんでしょう。逆に言えば、業績不振だった会社を立て直すには、それぐらいしか方法がなかった」

にわかには信じられなかった。あまりにも衝撃的だ。

「致死性の高いウイルスをばらまくなんて、殺人行為じゃない」

男は静かにうなずいた。

「だからこそ、何が何でも隠す必要があったんです。でも、それはこうやって失敗に終わりつつある。事が明るみに出たら、ワンは全力で私に責任を押し付けようとするでしょう。それを回避するために、私はあなたにすべてを話したい」

覚悟を決めたのか、いつの間にか男の声は冷静さを取り戻していた。

「私の名は、林達巳《はやしたつみ》と言います。もともとファンロン・ジャパンではなく、ファンロン・ファーマの人間です。シンガポールで勤務していて、ワンの側近の一人でした。ワンの指示に従って、いろいろと人に言えないようなこともやってきました」

去年の秋、ワンから中国のアンイェンという田舎町の近隣で、開発中のドリンク式の頭痛薬を配るように命じられた。正式な臨床試験には巨額の費用がかかる。その前に、人体実験まがいのことをして、効果をある程度、予測するためだという。

「何の疑問もなく引き受けました。同じようなことはこれまでもしていましたから。ところが、それは、頭痛薬ではなく、鬼嵐のウィルスだった」

慌てた林は社内で事情を探り、ワンの計画を知る。そして、秘《ひそ》かに立島に連絡した。立島はトクイ薬品に保管されていたトロイチンを持ってアンイェンに飛んだ。トロイチンの効果は絶大で、犠牲者は数人のみだったという。

「現地から戻った立島は、ワンに猛烈に抗議しました。告発も辞さない構えでしたから、ワンもさすがにまずいと考えたんでしょう。計画は中止し、いずれ会社の業績が回復して余裕ができたら、トロイチンを風土病に苦しむ地域に無償提供すると約束したんです。罪滅ぼしとしては悪くない。立島も同意しました」

それが去年の年末だという。ところが、ウィルスは完全に姿を消してはいなかった。

「三月に入って、アンイェン近郊で再び犠牲者が出たという報告が入りました。立島は会社を辞め、今度こそ真実をWHOに報告すると言いました。すると、ワンは覚悟を決めたようにこう言ったそうです。報告するのはいいが、せめてその前に現地の人を助けてくれと……。現地の事情を知っているお前がトロイチンを届けてくれと。心を入れ替えたようだったと立島は私に言いました」

その後、ワンの言葉を信じた立島は中国へ再び渡り、事故死に見せかけて殺されたという。

「ワンの口から真相を聞かされたとき、震えあがりました。立島と私の関係に気づいていたワンはアンイェンでの一件が明るみに出たら、会社ぐるみではなく、私の一存でウイルスをばらまいたことにすると言いました。それだけではなく……」

林は痛みをこらえるように顔を歪め、その先は口にしなかった。気を取り直すように、背筋を伸ばすと、再びしゃべり始める。

「私はワンに言われるまま、アンイェンで必死に事態の収拾に努めました。日本人旅行者を通じて姫野に飛び火した可能性があることを突き止め、その後はだいたいあなたの想像通りだと思います」

「月田社長は、一連のことを知ってるの？」

知ったうえで、トロイチンの無償提供を申し出たとしたら、吐き気がする。林は否定も肯定もしなかった。

「何かがおかしいと気づいてはいたでしょう。ワンの側近だった私が突然日本勤務となり、姫野周辺で妙な病気が発生していないか、MRに探らせるように進言したわけですから」

月田がその程度しか知らないのであれば、友永は蚊帳の外だろう。

今となっては、それだけが救いだ。同時に、ワンに対する言いしれぬ怒りが湧き上がってきた。

「ワンは、結局うまいことやったじゃない」

当初の計画では、中国がターゲットだったが、それを日本に変更し、巨額の利益を上げている。臨機応変なのか、悪賢いのか。

「今の話をなぜもっと早く警察にしなかったの？　あなたは、ただの実行犯。しかも途中からは脅迫されて悪事に手を染めてる。誰だって話を聞けば、黒幕はワンだって分かるわ」

林は自嘲するように言った。

「シンガポールにいる家族が人質に取られているも同然なんです。それに、今さら正義面なんかできませんよ。知らなかったとはいえ、ウイルスをばらまいたのは私です。そのうえ、遠山を殺し、立島の奥さんを脅して、あなたに薬を盛らせた。その前だって、人体実験まがいのことをしてきた。要するに、私はワンと同じ側の人間なんです。ワンほど大物ではなかっただけだ。いずれにしても、あなたの言うように、詰んでしまったようだな……」

自分の話は、これでお終いだと林は言った。

「よく分かったわ。警察には、私が知っていることと併せて、今の話を伝えるわ。あなたのほうも、しっかりね。真っ先にシンガポールの家族のことを伝えて、現地の警察に保護してもらうのよ。そうすれば、きっと助かるわ」

林はかすかにうなずいた。

「そう祈っています。それより、そろそろ時が来たようです。ドアを開けて、お仲間を迎えてください」

「分かったわ」

久しぶりに拘束のない身体で鍵を開ける。解放されたのだという実感が湧き上がってきた。

そのとき、背後で妙な音がした。振り返るなり、夏未は息を呑んだ。

林が顔を横向きにして、うつぶせに倒れていた。全身がぴくぴくと痙攣《けいれん》している。状況から判断して、毒を飲んだのは明らかだった。

ドアから、大樹が飛びこんでくる。

「夏未さん！」

保と、知らない顔の二人も一緒だ。全員が金属バットを手にしていた。

林を見るなり、大樹は顔を歪めて後ずさった。

「こいつ、犯人だよな。死んでるのか？」

大樹を押しのけるようにして、保が入ってくる。人のよさそうな顔は、涙でくしゃくしゃだった。

「無事でよかった！」

汗臭い身体で抱きつこうとするのを押しのけ、大樹に救急車の手配を頼み、夏未は男のそばにしゃがみ込んだ。それが分かったのか、男はかすかに目を開いた。

「毒はなに⁉」

それが分かれば、命は助かるかもしれない。しかし、男は質問に答えずに言った。

「シンガポールにいる妻子をどうか……」

振り絞るような声でマンションの名を告げると、男は喉を鳴らして喘《あえ》いだ。首筋に指をあてると、弱々しい脈が伝わってきた。これはもうだめかもしれない。

「警察が来たらすぐに保護を頼むわ。あと、さっきのあなたの話も必ずする」

男はさらに何か言いたそうに唇を震わせたが、やがて動かなくなった。

自分を殺そうとした相手なのに、不思議と悲しかった。

ワンCEOが逃亡先のタイで身柄を拘束された日、友永が姫野にやってきた。診療が終わった後、クリニックの待合室で、彼と向かい合った。友永は脚を組みながら尋ねた。

「そろそろ落ち着いたか？」

「まあ、それなりに」

あの日、現場に駆けつけた警察に保護された後、三日ほど都内の病院に入院して、トロイチンの投与を受けながら静養した。病室で見たテレビは、ファンロン・ファーマによるウイルス流出および殺人のニュースで持ちきりだった。監禁されていた建物の映像が何度も画面に映し出されたが、自分が事件の主要登場人物の一人だという実感はなかった。すべてが悪夢としか思えなかったのだ。

警察は夏末の証言の裏付けを取る形で捜査を進めた。林は死亡したが、実質的に蚊帳の外だったファンロン・ジャパンが協力的だったこともあり、捜査は比較的順調に進み、ワンは国際手配された。今後、ワンや彼の側近が逮捕され、取り調べが進めば、事件の全容が分かるはずだ。

その一足先に、ファンロン・ファーマは解体され、部門ごとに欧州や米国の大手企業の傘下に組み入れられる見通しとなった。ファンロン・ジャパンはそれに伴い、消滅する。いわくつきのトロイチンをどのような形で引き継ぐかについては、現在、関係各社で協議中だそうだ。

「それにしても、危ないところだったたな」

「ええ。地元の青年団と、ファンロンの女性社員のおかげです。彼らが動いてくれなかったら、どうなっていたことか……」

広橋は夏未と連絡が取れなくなった直後、父に会うために及川クリニックを訪れた。そこで、夏未の身を案じて実家に来ていた保たちと顔を合わせたのだそうだ。

双方が持っている情報を突き合わせた結果、夏未は鬼嵐ウイルスを感染させられた状態でどこかに監禁されているはずだという結論に達した。容疑者は、道の駅の試食会にいたあの男である。

父は夏未が消えた後、即座に警察に連絡をしたが、まともに取り合ってくれなかったという。

その間、広橋は夏未が保たちに送った男の顔写真を同僚に回し、この春、シンガポール本社からファンロン・ジャパンに出向した林達巳だと突き止めた。単身者用の社宅住まいだから、監禁場所は別だろう。一般のホテルや旅館では人目につくのではないか。そんなことを話し合っているうちに、広橋が長野県の山中にあるトクイ薬品の保養所に思い当たったのだそうだ。前社長と会社の共有財産だったため、遺族ともめて処分ができず、休業状態で放置されているはずだという。広橋が念のために会社の総務に電話で確認したところ、確かにそうだった。

それを聞いて、保たちがすぐに現地に駆けつけた。彼らの機転や行動力がなければ、今ここに自分はいない。

「とにかく、お前が無事でよかった。今日は様子見がてら、報告に来たんだ」

友永は背筋を伸ばし、大学を辞めると言った。

「先生はワンの企《たくら》みを知らなかったんですよね。それに、なんといっても鬼嵐制圧の立役者です。辞める必要はないと思いますが」

友永の活躍がなければ、犠牲者はもっと増えていたはずだ。しかし、友永は首を横に振った。

「俺はファンロンの奴らに踊らされた。お前がいろいろ警告してくれたのに、耳を傾けようともしなかった。まったく面目ない。正直なところ、日本じゃ顔を上げて歩けない」

遠山の殺害に使われ、夏未自身も投与されたウイルスの出所については、結局分かっていない。ただ、調査チームが分離し、保管していたものとは遺伝子配列が微妙に異なっていた。このため、何らかの方法で林が中国で調達したのだろうと警察は考えている。

友永が月田にそそのかされて、ウイルスを渡したのではないかという疑念は、夏未の思い過ごしだった。思い過ごしで本当に良かった。もし、疑いが事実だったら、友永は今頃、殺人ほう助か何かの罪で、起訴されていたかもしれない。結局は、彼は舞い上がっていたのだ。自分でも言った通り、ワンやファンロンに踊らされていた。

　来月から中東の紛争地に出向いて、難民キャンプで感染症の治療と予防指導をするつもりだと彼は言った。

「そういう仕事のほうが、性に合ってる。逆に言えば、俺みたいな乗せられやすい人間が、野心を持つとろくなことにならない」

　友永はそう言うと、膝を乗り出した。

「俺の代わりといってはなんだが、大学に戻らないか？」

　すでに話はつけてあるという。

「気まずいことも、もうないぞ。お前の元旦那は、国立病院にご栄転だそうだ。元上司も、大学院生からアカハラで訴えられているから、そのうち辞めさせられる」

「ありがたいお話ですが、私は大学はもう……」

「それなら、泉さんの研究所はどうだ。泉さんはお前を感染経路究明のエキスパートに仕立てたいそうだ」

　今すぐこの町を離れる気はなかった。先日、現場に駆けつけてくれた青年団のメンバーを自宅に招いて寿司でもふるまってお礼をしようとしたら、保が言ったのだ。

「礼なんかいいから、クリニックに小児科を併設してほしい。ここらへんの子持ちは、みんな困ってるらしいから」

大樹もすぐに続けた。

「李が、中国語が分かる医者がいなくて困るとぼやいてた。そっちのほうも、なんとかならないすかね？」

当面は地元でそれらの問題に取り組むつもりだと言うと、友永は険しい表情になった。

「それでいいのか？　お前は、鬼嵐の脅威を目の当たりにした数少ない医者だぞ。今後を見届ける責任がある」

「分かってます。だから、当面って言ったんです。泉さんには、私から連絡します」

事件が収束しても、鬼嵐そのものが日本から消滅したわけではない。高い確率で、近いうちに再度牙をむく。

実際、アンイェンでは、昨年秋の発生直後に制圧に成功したように見えたのに、春になって再び犠牲者が出た。同じことが日本で起きる可能性は大いにあった。

パンドラの箱は開いたのだ。望んだわけではないが、自分はその過程に関わった。箱から飛び出した災いと戦い続けるのは、自分の使命だ。行く道の困難さを思って夏未は目を閉じた。

本作品はフィクションであり、実在する個人、団体等とは一切関係がありません。

―――本書のプロフィール―――

本書は、二〇一八年に小学館より単行本として刊行された同名作品を改稿し、文庫化したものです。

小学館文庫

鬼嵐《おにあらし》

著者　仙川《せんかわ》　環《たまき》

二〇二一年十二月十二日　初版第一刷発行

発行人　石川和男
発行所　株式会社 小学館
〒一〇一-八〇〇一
東京都千代田区一ツ橋二-三-一
電話　編集〇三-三二三〇-五八一〇
販売〇三-五二八一-三五五五
印刷所 ――― 凸版印刷株式会社

ISBN978-4-09-407098-9